Tucholsky   Wagner   Zola   Scott   Sydow   Freud   Schlegel
Turgenev   Wallace   Fonatne   Fouqué   Friedrich II. von Preußen
Twain   Walther von der Vogelweide   Freiligrath   Frey
Weber   Kant   Ernst   Frommel
Fechner   Weiße Rose   von Fallersleben   Richthofen
Fichte   Hölderlin
Engels   Fielding   Eichendorff   Tacitus   Dumas
Fehrs   Faber   Flaubert   Eliasberg   Ebner Eschenbach
Feuerbach   Maximilian I. von Habsburg   Fock   Eliot   Zweig   Vergil
Ewald   London
Goethe   Elisabeth von Österreich
Mendelssohn   Balzac   Shakespeare   Dostojewski   Ganghofer
Trackl   Lichtenberg   Rathenau   Doyle   Gjellerup
Mommsen   Stevenson   Hambruch   Droste-Hülshoff
Thoma   Tolstoi   Lenz   Hanrieder
Dach   von Arnim   Hägele   Hauff   Humboldt
Verne   Hagen   Hauptmann   Gautier
Karrillon   Reuter   Rousseau   Baudelaire
Garschin   Defoe   Hebbel
Damaschke   Descartes
Hegel   Kussmaul   Herder
Wolfram von Eschenbach   Dickens   Schopenhauer   Rilke   George
Darwin   Melville   Grimm   Jerome
Bronner   Horváth   Aristoteles   Bebel   Proust
Campe   Voltaire   Federer   Herodot
Bismarck   Vigny   Barlach   Heine
Gengenbach
Storm   Casanova   Tersteegen   Grillparzer   Georgy
Chamberlain   Lessing   Langbein   Gilm   Gryphius
Brentano   Lafontaine
Strachwitz   Claudius   Schiller   Kralik   Iffland   Sokrates
Schilling
Katharina II. von Rußland   Bellamy   Raabe   Gibbon   Tschechow
Gerstäcker
Löns   Hesse   Hoffmann   Gogol   Wilde   Vulpius
Luther   Heym   Hofmannsthal   Gleim
Roth   Klee   Hölty   Morgenstern   Goedicke
Heyse   Klopstock   Kleist
Luxemburg   Puschkin   Homer   Mörike
La Roche   Horaz   Musil
Machiavelli   Kierkegaard   Kraft   Kraus
Navarra   Aurel   Musset
Nestroy   Marie de France   Lamprecht   Kind   Kirchhoff   Hugo   Moltke
Laotse   Ipsen   Liebknecht
Nietzsche   Nansen
Marx   Lassalle   Gorki   Klett   Ringelnatz
von Ossietzky   Leibniz
May   vom Stein   Lawrence   Irving
Petalozzi   Knigge
Platon   Pückler   Michelangelo   Kafka
Sachs   Poe   Kock
Liebermann   Korolenko
de Sade   Praetorius   Mistral   Zetkin

Der Verlag tredition aus Hamburg veröffentlicht in der Reihe **TREDITION CLASSICS** Werke aus mehr als zwei Jahrtausenden. Diese waren zu einem Großteil vergriffen oder nur noch antiquarisch erhältlich.

Symbolfigur für **TREDITION CLASSICS** ist Johannes Gutenberg (1400 — 1468), der Erfinder des Buchdrucks mit Metalllettern und der Druckerpresse.

Mit der Buchreihe **TREDITION CLASSICS** verfolgt tredition das Ziel, tausende Klassiker der Weltliteratur verschiedener Sprachen wieder als gedruckte Bücher aufzulegen – und das weltweit!

Die Buchreihe dient zur Bewahrung der Literatur und Förderung der Kultur. Sie trägt so dazu bei, dass viele tausend Werke nicht in Vergessenheit geraten.

Die Ahnenprobe

Ludwig Tieck

Impressum

Autor: Ludwig Tieck
Umschlagkonzept: toepferschumann, Berlin

Verlag: tredition GmbH, Hamburg
ISBN: 978-3-8424-1374-0
Printed in Germany

Ziel der TREDITION CLASSICS ist es, tausende deutsch- und fremdsprachige Klassiker wieder in Buchform verfügbar zu machen. Die Werke wurden eingescannt und digitalisiert. Dadurch können etwaige Fehler nicht komplett ausgeschlossen werden. Unsere Kooperationspartner und wir von tredition versuchen, die Werke bestmöglich zu bearbeiten. Sollten Sie trotzdem einen Fehler finden, bitten wir diesen zu entschuldigen. Die Rechtschreibung der Originalausgabe wurde unverändert übernommen. Daher können sich hinsichtlich der Schreibweise Widersprüche zu der heutigen Rechtschreibung ergeben.

Johann Ludwig Tieck

Die Ahnenprobe

1833

In der Martisstraße konnten die Einwohner, deren Häuser oberhalb standen, genau am Morgen die Stunde wissen, wenn sie die Uhr überhört haben sollten. Pünktlich eröffnete sich am großen, mächtigen Hause, das man einen Palast nennen konnte, das Thor in der Zeit, die der Frühmesse kurz vorhergeht, und ohne Begleitung schritt dem Portier ein langer, alter Mann stumm und aufrecht wandelnd vorüber. Er war im Winter und Sommer in einen Scharlachmantel gehüllt, dessen Kragen von einer goldenen Tresse umgeben war, sein weißes Haar war vom Puder noch heller und mit einem dreieckigen kleinen Hute, von weißen Federn umlegt, bedeckt. In der Hand trug er ein langes spanisches Rohr, mit hohem goldenen Knopfe und einer glänzenden Schnur geschmückt; er stützte sich im Gehen auf diesen Stab, indem sein bleiches Gesicht mit den schwarzen Augen gerade aussah, ohne rechts und links irgend etwas zu beachten, so daß auch die Nachbarn, die seine Gemüthsart kannten, ihn nicht mit Grüßen oder Zeichen der Ehrfurcht behelligten, oder seinen Weg zur Kirche störten.

Weder Kränklichkeit noch Vorfälle in seiner Familie konnten den Grafen Seestern, den Oberkämmerer, von diesem frühen Gange zur Kirche abhalten. Aber eben so pünktlich war er in seinen Functionen am Hofe, er erschien niemals um eine Minute zu spät oder zu früh, niemals hatte er seit zwanzig Jahren ein Geschäft, welches ihm oblag, wenn es auch noch so unbedeutend war, aufgeschoben, niemals einen Bittenden mit Versprechungen oder halben Worten hingehalten, sondern Jeden, dem er nicht willfahren konnte, stets mit einem kurzen, runden Nein abgefertigt. Er hatte deshalb den Ruf eines harten, adelstolzen Mannes. Man sah ihn selten, fast nur, wenn die Geschäfte es erforderten, mit Bürgerlichen sprechen; doch vermied er auch den Umgang mit Leuten seines Standes, und deshalb nannten ihn diese einen Menschenfeind, wenn die jungen Adeligen behaupteten, er sei kurzsichtig und fühle sich in der Gesellschaft aufgeklärter und lebhafter Geister verlegen, weil seine Beschränktheit es ihm unmöglich mache, ihren Einsichten zu folgen oder ihre Meinungen nur zu verstehen.

In seinem Hause lebte der Graf viele Stunden einsam auf seinem Zimmer. Er hatte sich die Zeit genau eingetheilt und wich von dieser Ordnung nicht ab, wenn ihn nicht die dringendsten Umstände zwangen. In einer gewissen Stunde las er die Zeitungen, in einer anderen geistliche Bücher, ebenso ordnete er seine Geschäfte und arbeitete Das aus, was der Dienst seines Königs forderte. An bestimmten Tagen war er mehr im Kreise seiner Familie und ergötzte sich in ruhigen Gesprächen mit seiner ältesten Tochter, dem General, seinem Schwiegersohne, und den Enkeln. Manchmal lasen die beiden jüngeren Töchter vor oder sangen; Elisabeth, die Jüngste, war besonders mit einer schönen Stimme begabt, Katharina wurde aber fast immer zur Vorleserin ernannt. Der Vater des Hauses war der Meinung, der Mensch lebe nur, wenn sein Leben regelmäßig, wie eine Uhr, ablaufe, und jedes in der Stunde unwiderruflich geschehe, wie es bestimmt sei.

An einem trüben Novembermorgen, als die Straße noch nicht sehr belebt war, hörte man ein Geschrei, Jauchzen und Toben heraufkommen, und die neugierigen Bewohner erhoben sich vom Frühstück, um wahrzunehmen, was den Tumult veranlassen könne. Ein Gedränge von Knaben und gemeinen Straßenbuben strömte lachend und schreiend herauf, und vor ihnen ging ein alter Mann, mit Geschirr beladen, das ihn als Kesselflicker bezeichnete, wie auch sein geschwärztes Gesicht und der von Ruß befleckte Anzug bemerken ließ. Es mußte auffallen, daß der Alte schon am frühen Morgen betrunken war oder den gestrigen Rausch noch nicht ausgeschlafen hatte, und die schadenfrohe Jugend benutzte seinen Zustand, um ihn mit Lachen, Spott und Schimpfreden zu verfolgen. Von Zeit zu Zeit rannte der Trunkene in den Haufen fluchend und tobend hinein, der dann auseinanderstob, um sich sogleich wieder zum Verspotten zu vereinigen. Die Anzahl der Knaben vermehrte sich, und einige Aeltere, die zum müssigen Pöbel gehörten, schlossen sich dem Triumphzuge an.

Da der Kesselflicker mit seinem Drohen nichts gewann, und seine Gegenreden nur lautes Gelächter erregten, keiner seines Gefolges auch der Versicherung, er sei ein nüchterner und vernünftiger Mann, Glauben beimaß, welchem sein taumelnder, unsicherer Gang und seine lallende Stimme auch zu auffallend widersprachen, so suchte er endlich nach Steinen, um diese in die Rotte zu werfen. Jetzt stand der Zug vor dem Hause des Grafen, und als der Tumult am lautesten war, trat der würdige, ernste Greis aus dem Thore seines Hauses, das sich sogleich wieder hinter ihm verschloß. Er sah sich nach dem Getümmel kaum um, sondern wendete sich ernst nach der Gegend, in welcher die Kirche lag, die er besuchen wollte.

Als der Betrunkene die hohe Gestalt des Grafen, dessen Scharlachmantel und in der Hand des Mannes den Stab mit dem goldenen Knopfe gewahrte, ließ er alsbald von seiner Vertheidigung ab, taumelte zum Oberkämmerer hin, suchte sich vor ihm aufrecht hinzustellen und rief mit lauter Stimme: Ach! gut, daß Sie kommen, Herr Graf, Sie haben auch gerade den Stock in der Hand; hauen Sie, schlagen Sie in das Gesindel hinein, was Sie nur können! Prügeln Sie darauf los, theurer Gönner, denn mir sind die Canaillen zu schlecht!

Der Graf stand einen Augenblick still, zitterte ein wenig mit den bleichen, schmalen Lippen und wandte sich dann mit einem unbeschreiblichen Ausdruck von Verachtung von dem niedrigen Plebejer ab, der auf eine so sonderbare Art seine Hülfe in Anspruch genommen hatte. Ohne sich noch einmal umzublicken, setzte er festen Schrittes seinen Weg zur Kirche fort. Aus dem Hause war ein alter Jäger getreten, der den Betrunkenen in die Stube des Pförtners nahm, um ihn zu beruhigen und den Auflauf zu stillen, worauf sich auch der tobende Haufe bald zerstreute und sich die Fenster der Nachbarschaft auch nach und nach wieder schlossen.

Aus dem obern Fenster des Palastes hatte Edmund Frimann, der Secretair des Grafen, der sonderbaren Scene mit Aufmerksamkeit zugeschaut. Der junge heftige Mann war im Begriff, bewaffnet hinunterzueilen, um seinen hohen verehrten Herrn aus den Händen des rohen Trunkenboldes zu befreien, als er sah, wie schnell der Haufe beschwichtigt, wie gelinde der Ruhestörer vom Jäger besänftigt wurde. Er trat zurück und mußte jetzt über seine im Eifer entbrannten Wangen, so wie über den Auftritt lächeln, den er angesehen hatte. Indessen nahm er sich vor, die jungen Gräfinnen zu besuchen und ihnen die sonderbare Begebenheit mitzutheilen, damit sie ihren Vater, falls er sich gekränkt fühlte, bei Tische beruhigen könnten. Die Aeltere schlief noch, aber Elisabeth saß in ihrem Zimmer am Fortepiano und spielte und sang. Die Gesellschafterin der Gräfinnen war zugegen, mit einer künstlichen Stickerei beschäftigt. Elisabeth stand freudig auf, so wie sie den Eintretenden bemerkte.

Elisabeth lachte laut, als ihr Edmund die Geschichte ganz ernsthaft erzählt hatte. Ich glaube, sagte sie dann, daß man in unserer ganzen großen Stadt keinen schärferen Contrast hätte auffinden können, und es ist eine spottende Laune des Schicksals, daß meinem guten Vater dies hat begegnen müssen. Indessen, so viel ich ihn kenne, wird er darüber so wenig verdrüßlich seyn, als wenn ihn, vom Dache stürzend, ein Haufe Schnee bestreut hätte, denn dergleichen dringt nicht in sein Gemüth.

Die Gesellschafterin, ein junges Fräulein, hatte der Erzählung mit der gespanntesten Aufmerksamkeit zugehört, und da sie vernahm, daß der trunkene Kesselflicker noch im Hause sei, so bat sie um die Erlaubniß, nach dem Vorhause gehen zu dürfen, um den merkwürdigen Mann, der sich so Großes unterfangen hatte, in Augenschein zu nehmen.

Das neugierige Kind! sagte Elisabeth, ihr mit klaren, freundlichen Augen nachsehend. Das ist ein glückliches Alter, in dem uns noch Alles wichtig ist, und eine glückselige Stimmung, wenn man sie so nennen will, die uns noch frisch erhält, auch das Unbedeutende, Nüchterne und Geringe gern mit Aufmerksamkeit aufzufassen und nicht als ein Störendes oder Nichtsnutziges abzuweisen. Ja, mein Edmund, ich war auch ein Kind, und wir gewinnen, wie es scheint, indem wir höher zu steigen glauben, nur eben so viel, als wir verlieren. Verlust und Erwerb, vielleicht in gleichem Maße, ist wohl der Inhalt und die Geschichte unsers Lebens.

Kann Elisabeth so denken und fühlen? antwortete Edmund; o nein, sie weiß es eben so gut als ich, daß unser Leben mehr ist als ein Spiegel, an welchem die Erscheinungen vorübergehen, ohne eine Spur zurückzulassen. Erst wenn wir uns selber finden, giebt es Gegenstände für uns; auch das Geringste, wenn gleich nicht dieser Kesselflicker, kann dann in innige, wohl prophetische Beziehung zu uns selber treten.

Richtig, mein junger Prophet, sagte die Comtesse mit schalkhaftem Lächeln, und seit ich Dich kennen gelernt und verstanden habe, ist mir erst die Vortrefflichkeit meines eignen Wesens klar geworden.

Wie glücklich bist Du, sagte Edmund seufzend, in dieser nie getrübten Fröhlichkeit.

Und soll ich etwa, rief die hohe Jungfrau aus, indem die große Gestalt, um noch länger zu werden, sich auf die Zehen stellte, wie meine Schwester Katharina bei ihren Büchern thut, immer ächzen und weinen? Nein, mein theurer Freund, es werden noch Stunden genug kommen, in denen wir ernsthaft seyn müssen; genießen wir die Gegenwart, so lange sie heiter ist. Brauchte unsere Liebe ein Geheimniß zu seyn, wenn die Menschen verständen, was die Welt und unsere wahre Freundschaft, zu bedeuten hat? – Aber hier, mein Freund, wird mein Vater, wenn er endlich die Sache erfährt, und wir müssen sie ihm doch mittheilen, nicht so gleichgültig seyn. Alles in der Welt würde er leichter begreifen, als daß wir auf eine Verbindung denken und auf seine Einwilligung rechnen.

Wenn Du mir nicht den Muth gäbst, Geliebte, erwiederte Edmund, so würde ich ihn niemals in mir selber finden. Aber es muß geschehen, ich bin es mir und seinem edeln Charakter schuldig. Die Folge wird aber seyn, daß ich sein Haus, wahrscheinlich die Stadt verlassen muß.

Einen guten Augenblick, sagte Elisabeth, eine fröhliche Stunde muß ich bei ihm abwarten. Er liebt Dich, er zeichnet Dich aus; bei seiner zurückhaltenden kalten Weise ist es mir immer auffallend gewesen, wie er gegen Dich freundlicher und vertrauter ist, als ich ihn jemals zu irgend einem Manne gesehen habe. Oft ist er so zu Dir wie zu einem Kinde seines Hauses; nie hat er eine bittere Bemerkung über Dich gemacht oder Dich nur getadelt; dazu schützt Dich der General, mein Schwager, viele Vornehme in der Stadt sind Deine Freunde, von Deinen Arbeiten sprechen Alle, auch der Vater, immer mit Hochachtung. Ich hoffe Alles; freilich wie man hofft, wenn der schmerzlichste Verlust näher liegt, als die Erfüllung.

Die Liebenden hatten in ihrem Gespräche die Umgebung vergessen; er drückte die schöne große Gestalt an seine Brust und legte Alles, was er ihr sagen konnte, in einem schmerzlich süßen Kuße auf ihre Lippen. Sie erwiederte die Umarmung, als Beide jetzt erst bemerkten, daß die junge Gesellschafterin schon wieder an ihrem Stickrahmen saß. Mit einem langen prüfenden Blicke betrachtete diese das Fräulein und den jungen Mann. Dieser war erschrocken und verlegen, er schlug den Blick mit glühender Röthe nieder und konnte seine Fassung nicht wiederfinden. Elisabeth aber erholte sich früher von ihrem Schrecken, indem sie sagte: Wilhelmine wundere Dich nicht allzu sehr, noch weniger sei ängstlich darüber, was Dir jetzt obliegen möchte. Morgen, spätestens übermorgen, erkläre ich es meinem lieben Vater selbst, daß ich eine Verbindung mit diesem Manne wünsche. Sei unbesorgt, Kind, durch mich sollst Du nicht in Verdruß gerathen oder Deine Lage verschlimmert sehn. Und so, Edmund, sei uns diese Unbesonnenheit ein Wink unsers Schicksals, daß wir nicht länger zaudern dürfen, sondern handeln müssen.

Edmund küßte die dargebotene Hand und entfernte sich, viel denkend und sinnend. Auf seinem Zimmer angelangt, sah er von oben herab, wie der alte Graf vom Gottesdienste zurückkam. Er erschien ihm ganz anders als sonst, und sein Herz klopfte ungestüm, indem er fühlte, daß er seit jenem Augenblicke in ein ganz verschiedenes Verhältniß zu ihm getreten sei. Sollte er seinem Glücke und der Güte des greisen Hofmannes vertrauen?

*

Oft schon hatte Edmund in verschiedenen Gesellschaften einen Baron von Werden gesehen, der ihm wegen seiner Seltsamkeit aufgefallen war. Jetzt ging er zu diesem, weil er ihm eine kleine Summe vom Oberkammerherrn zu überbringen hatte. Der Baron war in vielen Gesellschaften nur ungern gesehen, und zwar aus derselben Ursach, um welche er in einigen andern um so lieber aufgenommen wurde. So alt er auch schon war, so bemühte er sich doch, noch jung zu erscheinen. Er verachtete das Herkömmliche und alle Förmlichkeit. Hielt sich der Graf an Stunde und Zeit gebunden und war ein Sklave der Ordnung, so meinte der Baron im Gegentheil, der Mensch könne sich nur als freies und selbstständiges Wesen empfinden, wenn er vergesse, daß es Uhren oder Tag und Nacht gebe. Früher waren er und der Graf Freunde gewesen, aber seit vielen Jahren schon sahen sie sich kaum, sie vermieden sich Beide mit gleich starkem Widerwillen, und wenn der Oberkämmerer niemals von seinem ehemaligen Freunde sprach, so suchte der Baron jede Gelegenheit auf, den alten Grafen zu verlästern oder lächerlich zu machen.

Als Edmund in das Haus trat, welches abgelegen in der Vorstadt zwischen Gärten lag, hörte er oben einen lauten Wortwechsel. Es war der Baron, der mit seinem Sohne zankte, der sich ebenso heftig verantwortete. Edmund ging zögernd hinauf, und sowie er nur die Thüre öffnete, wendete sich der Baron zu ihm und rief: Sie kommen gerade recht, lieber junger Mann, helfen Sie mir der Range da den Kopf zurechtsetzen. Er ist nun schon achtzehn Jahre alt und will immer noch nichts lernen. Alles Geld, was er mir abzwackt, verspielt er und macht mir dann noch Vorwürfe.

Ja, rief der ungezogene Jüngling, denn hätte ich nur einige Thaler mehr gehabt, so hätte ich Alles wiedergewonnen. Aber so ist es immer, daß ich aufhören muß, gerade dann, wenn sich das beste Glück wieder melden will.

Und wovon geben, antwortete der Vater, wenn ich selbst nichts habe? Aber ich versichere Dir, ich werde andere Maßregeln ergreifen. Bisher habe ich Dich als einen freien Menschen behandelt, aber wenn Du mir wieder Streiche spielst, so werde ich Dich ins Zuchthaus bringen lassen.

Der Sohn sprang auf, ging davon und warf die Thüre donnernd hinter sich zu. Das hat man davon, sagte der Baron, wenn man gegen seine Kinder zu gütig ist. Uebrigens ist die Drohung mit dem Zuchthause nicht mein Ernst, wie Sie wohl denken können; Sie sehen aber selbst, wie tief dieses einzige Wort auf den Burschen eingewirkt hat. Er ist erschreckt. Ja, mein junger Freund, was hilft es mir nun eigentlich, daß ich den Emil von Rousseau, sowie alle spätern berühmten Erziehungsschriften studirt habe! Die menschliche Natur läßt sich nicht bändigen, und alle sogenannte Erziehung ist nur Einbildung und Gaukelspiel, das sehe ich jetzt am Ende meiner Tage.

Edmund wußte nicht, was er dem Baron antworten sollte. Er händigte ihm die Summe und den Brief des Grafen ein und wollte dann seinen Abschied nehmen. Bleiben Sie noch, sagte der Baron, indem er den jungen Mann zum Sitzen nöthigte, ich habe Sie lieb und möchte Ihnen gern Beweise davon geben; aber Sie sind mir immer ausgewichen, und das sollten Sie nicht thun, denn durch meine Verbindungen, meine Menschenkenntniß, durch meinen Einfluß und meine Erfahrungen kann ich Ihnen nützlich seyn. Ich habe schon manchen jungen Mann gebildet, schon manchen glücklich gemacht, und wenn ich meistens auf Undankbare gestoßen bin, so ist das nur eine Erfahrung, die nothwendig ist, da der Undank in der Natur des Menschen liegt.

Edmund betrachtete die bleiche Gestalt, die ohne Haltung und Kraft ihm gegenüber saß; er verwunderte sich über den Mann, der, selbst ohne Vermögen, im ärmlichen Anzuge, von Dürftigkeit umgeben, ihm solche Anträge zu machen wagte. Ja wohl, fuhr der redselige Baron fort, war dieser Graf einst mein vertrauter Freund, aber seine Einfalt und noch mehr sein Mangel an Charakter, seine elende Höflingsnatur haben mich gezwungen, mich ganz von ihm zurückzuziehen. Seinen Vorurtheilen opfert er alles, Gewissen und Pflicht, Religion und Tugend. Wir lesen in der alten Geschichte von den grauenhaften Menschenopfern, und diese grau gewordenen Staatskünstler, diese von allen Thorheiten und der Verderbniß der Welt aufgesäugten Adeligen, was thun Sie anders, als Freunde, Brüder, Kinder und Aeltern, wenn die Umstände dringen, einem Moloch aufopfern? – Darum habe ich schon seit lange gewünscht, Sie, junger Freund, im Vertrauen zu sprechen, um Sie zu warnen.

Hüten Sie sich vor dieser kalten Schlange, die Eiswasser in ihren
Adern hat. Er wird Sie mißbrauchen, Zeit und Jugend und Gesundheit werden Sie in seinem Hause verlieren, und dann wird er Sie
wie eine ausgepreßte Citrone wegwerfen.

Bei dieser kalt ausgesprochenen Behauptung erschrak Edmund.
Sein Gehalt war bedeutend, ihm war Hoffnung auf eine ansehnliche
Stelle gemacht, er hatte, von seiner Liebe geblendet, nur wenig an
seine Zukunft gedacht, und plötzlich ward ihm die Möglichkeit
ausgesprochen, daß er auch in seinen billigen Erwartungen ge-
täuscht werden dürfte. So sehr ihm alle Klätschereien verhaßt waren und er alles Geschwätz dieser Art, das ihm gemein erschien,
vermied, konnte er doch nicht umhin, zu fragen, indem er dem
Redenden fest in die Augen sah: Sie glauben also, daß der Graf zu
jenen Egoisten gehöre, die im Stande sind, nur ihrem Eigensinn
oder ihrer Verblendung zu folgen?

Junger Mann, sagte der Baron mit dem Ausdrucke der Herzlichkeit, indem er ihm die Hand reichte, – würde ich so sprechen, wenn
meine Worte nicht die ausgemachteste Wahrheit wären? Vor mehr
als dreißig Jahren war mir dieser Graf der nächste und vertrauteste
Freund, unsere Verbindung schien für eine Ewigkeit auszureichen,
ich kannte jeden seiner Gedanken, und wir waren in gegenseitiger
Liebe höchst glücklich; wir schwärmten für alles Edle und schwu-
ren uns einen hohen Eid, nur der Tugend zu leben und alle Vorurtheile stürzen zu helfen. Poesie, Natur, Philosophie und Kunst, so
wie das Wohl der Menschheit, die Verjüngung und Veredlung der
Zeiten, diese waren unsere Götter, die wir anbeteten. So wie er aber
in die Nähe des Hofes kam, erstarben alle edeln Vorsätze in seiner
Brust. Um eine reiche Gräfin aus einem alten Hause heirathen zu
können, um Einfluß zu gewinnen, brach er das Herz eines höchst
edeln Wesens, deren Liebe er mit allen Künsten der Schmeichelei
gewonnen hatte. Als ich mich unzufrieden zeigte und ihn an seine
Pflicht erinnern wollte, sagte er auch mir seine Freundschaft auf;
seinen neuen Verwandten zu gefallen, wurde er ein Frömmler und
schalt auf Philosophie und Aufklärung. Er zog sich von allen Ver-
nünftigen zurück, viele Einsichtsvolle vermieden ihn von selbst,
den kräftigen Gemüthern ward er ein Spott, den Edeln ein Abscheu,
und so consumirt er jetzt in trauriger Einsamkeit ein gedankenlee-
res Dasein und freut sich seufzend über jeden Tag, den er zurückge-

legt und mit ihm die gehörige Portion der drückendsten Langeweile überstanden hat.

Nein, bei Gott, rief jetzt Edmund aus, diese Schilderung paßt nicht auf ihn, und er wird von Ihnen verkannt. Der Graf ist unterrichtet, beschäftigt sich auf edle Weise und ist in vielen Stunden im Kreise seiner Familie höchst glücklich. Hat er sich fast ganz von der Welt zurückgezogen, so ist das seine freie Wahl. Seine Kinder lieben ihn von Herzen, und an allen erlebt er Freude.

Auch an der jüngsten Tochter, Elisabeth? fragte der Baron mit spitzigem Tone.

Wie meinen Sie das? sagte Edmund erstaunt und verwirrt.

Nun, fuhr jener höhnisch fort, sie hat ja einen Liebhaber, bürgerlichen Standes, einen ausgelassenen, aber höchst geistreichen Menschen, der die Ehre dieser alten Familie mit Skandal bedecken wird.

Edmund war aufgestanden. Herr Baron! rief er, zitternd in Zorn und Schreck, Sie sagen da etwas, das Sie niemals gut machen können, und ich bitte mir darüber eine nähere Erklärung aus.

Gut, wenn Sie wollen, antwortete der Alte ruhig genug, übermorgen, wenn es Ihnen gefällt. Im rothen Löwen kommt an dem Tage eine Gesellschaft aufgeklärter Menschenfreunde aus allen Ständen zusammen, man ist geistreich, witzig, selbst ausgelassen, und da sollen Sie die Bekanntschaft von dem jungen Wildfang machen, der sich für den Liebhaber der Gräfin Elisabeth erklärt hat.

Also, fuhr Edmund schnell heraus, haben Sie mich nicht gemeint?

Sie? rief der Baron eilig, indem er seinerseits erstaunte und sich wieder niedersetzte. – O Jugend! Jugend! sagte er dann nachdenkend und seufzend; immerdar bist Du doch so höchst unbesonnen und giebst dich in die Gewalt eines Jeden; jetzt, junger Herr; bin ich also im Besitze eines Geheimnisses, das Sie vielleicht dem Himmel selbst gern verschwiegen hätten. Nun, das muß uns noch fester aneinander binden, denn Sie sehen wohl, wenn ich nicht Ihr Freund bleibe oder noch inniger mich mit Ihnen vereine, daß Sie mir unbesonnen die gefährlichste Waffe gegen Sie in die Hand gegeben haben.

Doch nicht, sagte Edmund, der sich wieder gefaßt hatte, denn in diesen Tagen wollte ich dem Oberkammerherrn selbst meine Leidenschaft gestehen.

O! sagte der Baron lachend, setzen Sie sich noch ein Weilchen hin, damit ich erst mit Ruhe lachen kann. – Er erschütterte sich durch ein heftiges Gelächter, welches nicht enden wollte; endlich sagte er mit Thränen in den Augen: Nun, bei der Scene möchte ich zugegen seyn, das muß das ehrbarste Lustspiel auf Erden abgeben; Sie, ein Bürgerlicher, von unbekanntem Herkommen, und dieser Graf! In einem solchen Gespräch sich gegenüber! – Da ich aber dies Verhältniß weiß, muß ich heute Mittag eine Flasche mehr als gewöhnlich trinken.

Edmund beschwor ihn, sein Geheimniß wenigstens nicht kund zu machen; dies versprach ihm der lachende Baron, wogegen Edmund geloben mußte, ihn morgen zu jener Gesellschaft zu begleiten, wo er seinen Nebenbuhler kennen lernen sollte, der die Absicht habe, Elisabeth heimlich zu entführen. Und dies, schloß der Baron, ist auch das einzige Mittel, durch welches Sie, mein guter Frimann, die junge Person erlangen können; alles Andere taugt nichts und führt zu gar nichts. Aber zur Entführung bieten ich und meine Freunde Ihnen unsere Hülfe an.

Edmund war nachdenkend nach Hause gekehrt. Er hatte an diesem Tage die Familie seines Beschützers nicht mehr gesehen. Eine unruhige Nacht quälte ihn mit verwilderten Träumen, und wenn er wachte, gingen ihm die Worte des Barons wie böse Geister durch seine Seele. Oft glaubte er dem Bericht und der Schadenfreude des Alten; dann erklärte er Alles für Verleumdung. Er erinnerte sich dann, wie er vor zwei Jahren in das gräfliche Haus gekommen sei, von einem Freunde und Beschützer empfohlen, der ihn in seiner Geburtsstadt liebgewonnen hatte. Dieser Adelige stand mit dem Oberkammerherrn in Verbindung und hatte sich, da er seit lange die Rechtlichkeit des jungen Mannes, so wie dessen Gelehrsamkeit kannte, da er wußte, wie fleißig er auf der Universität gewesen war, seiner angenommen. Schüchtern war der junge Frimann in das große gräfliche Haus getreten, und es verflossen Monate, bevor er seine Verlegenheit überwinden konnte. Die jüngste Comtesse, Elisabeth, faßte gleich vom ersten Tage Zutrauen zu ihm. Sie erleichterte und erheiterte sein Leben, und bald war er an die Eigenheiten des Grafen gewöhnt. Jetzt arbeitete er gern mit dem alten Herrn, sang und musicirte mit Elisabeth, war oft zugegen, wenn Katharine vorlas, auch übernahm er selbst zuweilen dieses Amt des Recitirens, und der Graf lobte dann seine Stimme und seinen Ausdruck. Der Vater aber liebte es nicht, sich Romane oder poetische Sachen vortragen zu lassen, er wählte ernste Bücher, meist geschichtliche; doch traf es sich zuweilen, daß er in den Lesestunden anders beschäftigt war, und dann forderten die jungen Mädchen, sowie die schöne Frau den Secretair wohl auf, auch einmal eine Tragödie oder eine poetische Erzählung vorzulesen. Vorzüglich war es dann der General, wenn dieser zugegen seyn konnte, der diese Ergötzung mit Eifer betrieb, er selbst wählte die Trauerspiele aus, und Edmund konnte dann nicht stark und rührend genug im Ausdrucke seyn, indem er ihn wiederholt ermunterte, ganz mit der vollen Empfindung des Herzens zu declamiren.

Man hatte in einer Woche, als der alte Graf verreist war, schon den Wallenstein, die Maria Stuart und den Egmont gelesen, als der muntere General, der an allem Großen und Phantasiereichen eine fast übertriebene Freude hatte, dem Vorleser Romeo und Julie überreichte. Lesen Sie aber heute, rief er aus, die Liebesscenen so, als wenn Sie selber ein Verliebter wären. Bei diesem Worte ward Elisabeth plötzlich roth, und ihr Auge, das eben noch klar in den freundlichen Blick Edmunds gesehen hatte, fiel plötzlich zu Boden und erhob sich dann mit einem fremden, seltsamen Glanze wieder zu ihm empor. Tausend Gefühle, Gedanken, Erzählungen und Phantasien, Vergangenheit und Zukunft lagen in diesem Blick. Edmund las an diesem Abend so schlecht und ohne Ausdruck, wie noch niemals, so daß der General verstimmt ward und endlich selbst den Vorleser machte. Sein scharfer Provinzialdialekt aber, verbunden mit seinem falschen Accent, brachte die jungen Frauenzimmer zum Lachen, und so endigte die Lectüre dieses Abends in Thorheit und Scherz. Edmund hatte immerdar über diesen Blick gegrübelt, er hatte weder vom Vortrage des Generals, noch von seiner eigenen Stimme etwas vernommen. Immer wieder begegnete sein Auge dem der Gräfin, und ihm war, als würde ihr Blick mit jeder Minute herzlicher und vertrauter. Als die Vorlesung geendigt war und er beim Abendessen neben ihr saß, berührten sich ihre Hände einige

Mal zufällig. Er hatte noch niemals diese Finger so schön gefunden; er hörte das Gespräch der Gesellschaft nur wie aus einer weiten Ferne, und es wurde ihm schwer, Fragen zu beantworten, denn er mußte seine ganze Aufmerksamkeit zusammennehmen, um nur zu verstehen, was man fragte. Als die Gesellschaft sich trennte, war Elisabeth einen Augenblick zurückgeblieben; sie reichte ihm die Hand zum Kusse und drückte die seinige sanft.

Nach einer schlaflosen und seelig verträumten Nacht, nach einem wunderbar verlebten Tage bemächtigte er sich am Abend des Buches, um seine gestrige Versäumniß wieder gut zu machen. So sehr sich die Damen anfangs sträubten, so mußten sie die Tragödie Shakspeare's doch noch einmal hören, und er las nun so ausdrucksvoll, daß Keiner die Thränen zurückhalten konnte und selbst der General in heftiger Rührung schluchzte. Ohne das Wort Liebe zu nennen, waren Elisabeth und Edmund auf das Innigste verbunden.

Auf Spaziergängen, bei kleinen häuslichen Festen, fanden die Liebenden manchen Augenblick, sich in der Einsamkeit und ungestört zu besprechen. Jetzt war es seit fünf Monaten geschehen, an einem schönen Sommertage, daß er in der Laube eines Gartens den ersten Kuß gewagt hatte. Nachher redeten sie sich mit dem vertraulichen Du an und sprachen oft von ihrer Zukunft. Den Geschwistern blieb diese Liebe ein Geheimniß, auch meldete Edmund seiner Mutter, die noch lebte und mit der er viele Briefe wechselte, nichts von diesem glücklichen Unglück.

Denn welche Qualen hatte ihm im süßen Gefühle seiner ahnungsvollen Jugend diese Liebe schon gegeben. Hoffnung und Verzweiflung wechselten oft in seinem Busen. Jetzt überdachte er in der Nacht die Geschichte und das Wunder dieser Liebe; alle die bittersüßen Gefühle zogen wieder durch seinen Busen, und er gestand sich, daß diese Pein, sich seine Geliebte als eine unwürdige zu denken, schärfer sei, als alle andere Schmerzen. Jener erste Blick, der Händedruck, das Gespräch und so viel später der Frühlingskuß waren bis jetzt in der Erinnerung das höchste Glück seines Lebens gewesen; in Nächten, unter dem bestirnten Himmel oder im Walde hatte er oft über die Wonne und das Wunder dieser Sympathie geträumt, die die Geliebte ihm entgegengeführt und sie diesen ewig unergründlichen Blick hatte blicken lassen. Zuweilen, wenn es die

Einsamkeit erlaubte, stritten sie, wer den Andern zuerst geliebt habe, jeder wollte alsdann den Freund einer Säumniß oder Unentschlossenheit anklagen, und doch tröstete sich Edmund im Stillen mit der Ueberzeugung, sie sei ihm zuerst, vom Geheimniß des Lebens bezwungen, entgegengekommen, denn er war überzeugt, daß durch jenen seltsamen Blick seine Liebe aus ihrem Schlafe erwacht sei und sich zum Bewußtsein verklärt habe. Freilich dünkte ihm wieder, diese Bestimmung seines Lebens, dieses Mädchen zu lieben, sei längst als ein verschlossenes Geheimniß in seiner Seele versiegelt gewesen. War ihm bisher dies Entgegengehen als sein höchstes Glück erschienen, so raunte ihm jetzt sein böser Geist zu, Alles sei nur Gefallsucht in dem angebeteten Wesen, die mit seinem Wohl spiele, ihn bethöre und sich ihrer Gewalt über seine Seele frevelhaft freue; sie sei ohne Gefühl und würde selbst seinen Untergang mit Leichtsinn betrachten; sie habe ebenso jenen übelberüchtigten Jüngling in ihr Netz gezogen, mit dem es ihr vielleicht sogar mehr Ernst sei.

Unter diesen Phantasien brach der Morgen an, Edmund setzte sich an seine Arbeit, er sah dann den Grafen zur gewohnten Stunde nach der Frühmesse gehen, er wollte die Gräfinnen besuchen, die ihn aber nicht annahmen, weil sie sich beide unwohl fühlten. Nach einer Stunde ward er zum Oberkammerherrn gerufen. Er stieg mit klopfendem Herzen die breite Treppe herunter, um sich in das abgelegene Studirzimmer des Grafen zu begeben. Er ging an Elisabeths Zimmer vorüber, die Thür war halb geöffnet, er sah sie im Sessel mit rothen, verweinten Augen ruhen; ihr thränenvoller Blick, den er nur im Vorübergehen erhaschen konnte, sagte ihm Alles und schlug beschämend seinen Argwohn zu Boden.

Die Thür des Grafen, vor der er jetzt stand, war ihm heute eine ganz andere als am vorigen Tage, er betrachtete sie mit ahnungsvoller Scheu und zögerte ein- und noch einmal, bevor er sie eröffnete. Im Zimmer saß der Graf an seinem Schreibtische im weiten Schlafrock. Da der Tag finster war und es draußen regnete, hatte er die schweren dunkeln Vorhänge vor den Fenstern heruntergelassen, und die geschirmte Lampe, die ihn nur erleuchtete und seinen Tisch, brannte matt, das Zimmer war dunkel.

Auf einen Wink des Alten mußte sich Edmund ihm gegenüber-
setzen. Feierlich war das bleiche, tief gefurchte Antlitz des Grafen;
sein weißes Haar, nach ehemaliger Weise in Locken auf der Seite
zusammengelegt und durch Puder glänzender, gab dem klugen
feinen Angesicht etwas von einem geschnitzten Bilde. Edmund
fühlte, daß er mit einer Gestalt aus einem andern Jahrhunderte und
aus einer fremden Welt zu thun habe, und daß er niemals zu diesem
seltsamen Wesen ein wahres Zutrauen fassen könne.

Nachdem ihn der Graf lange stillschweigend betrachtet hatte,
sagte er endlich mit ruhiger Stimme: Es thut mir leid, mein junger
Freund, daß wir uns trennen müssen, und zwar recht bald, in diesen Tagen noch, ich erwarte nur die Antwort auf einen Brief, den
ich eben abgeschickt habe. Es war nicht meine Absicht und mein
Wunsch, daß wir uns so früh entfremden sollten; indessen ist es ein
Schicksal, dem wir Beide gehorchen müssen.

Ich soll, sagte Edmund stammelnd, Excellenz und dieses Haus
verlassen?

Nicht anders, erwiederte der Alte, denn nach dem Geständniß,
welches mir meine jüngste Tochter heut früh gemacht, mit einer
Freimüthigkeit gemacht, die ich, da ich mir der guten Erziehung
bewußt bin, die sie genossen hat, noch nicht begreifen kann, ist es
von der bestimmtesten Nothwendigkeit, daß Sie sich entfernen, je
früher, je besser. Denn Trennung und Entfernung ist nach Erfahrung und Beobachtung das sicherste, oft einzige Mittel, um derlei
Seelen- und Herzenskrankheiten zu heilen.

Sie wissen Alles, Herr Geheimrath? fragte Edmund wieder.

Wie Sie sehen, antwortete der Graf; und fern sei es von mir, mit
Ihnen zu schelten, oder zu rechten, oder Sie bekehren zu wollen.
Denn wie dergleichen bei einer physischen Krankheit zu gar nichts
führen würde, so erleidet Ihr Liebeszustand auch keine vernünftige
Einrede. Hätte die Leidenschaft nicht damit angefangen, die Ver-
nunft völlig zu unterjochen und ihr Fesseln anzulegen, so säßen wir
Beide nicht hier, um uns so zu besprechen, wie wir es thun, und
mein ehemals verständiges Kind hätte den Muth nicht gehabt, mir
die Eröffnungen zu machen, die sie mir heute früh, noch in der
Dämmerung des Tages, mittheilte.

Jetzt faßte in seiner hoffnungslosen Lage Edmund aus der Verzweiflung einen plötzlichen Muth und sprach gefaßt: Wollen mir Eure Excellenz erlauben, etwas zu erwiedern, und frei, aus voller Seele zu Ihnen zu sprechen? Ist es denn unerhört, daß ein Bürgerlicher, ohne Ahnen und Reichthümer, ohne Familienverbindung und Ansehen, ein solches Glück erlangt, wie mir aus dem Herzen Ihrer angebeteten Tochter winkt? Alte Geschichten erzählen dergleichen; arme Jünglinge sind so emporgestiegen und haben Geschlechter gegründet, die nachher mit dem Ruhm und der Würde der Vorfahren wetteifern durften. Sie haben keine Söhne, verehrter Mann, des Königs Gnade hat dem Herrn General, Ihrem Eidam, das Majorat Ihrer Familie verliehen, Ihre zweite Tochter, sagt man, ist die Braut eines reichen Erben eines großen Hauses, der jetzt noch in Italien verweilt. Die jüngste Gräfin wird, wie ich glaube, keine Ansprüche auf Ihre Güter und Ihr Vermögen machen, sie wird mit einem bescheidenen Glücke zufrieden seyn, da sie Einsamkeit und Zurückgezogenheit liebt. Wenn der Glanz Ihres Hauses also nicht leidet, wenn Sie jedes Ihrer Kinder das Glück finden lassen und ihm gewähren, welches seiner Eigenthümlichkeit zusagt, handeln Sie dann unrecht? Ist es Ihnen Schande oder Kränkung, einen Sohn zu erhalten, der Sie um so mehr ehren und lieben wird, wenn er Ihnen Alles zu verdanken hat, wenn er sich stündlich sagen muß, daß er ohne Sie und Ihre Güte ein Nichts, ein Unglücklicher wäre? Der General und Ihr zweiter Eidam können im Stillen die Meinung hegen, sie hätten auch eine feste Stellung im Leben, ihre Dankbarkeit wird also immer nur eine beschränkte bleiben, wenn ich ohne Bedingung und Einrede des eignen Verdienstes nur das Geschöpf Ihrer Güte und Liebe würde. Und sehen wir auf die Welt und unsere Zeit – wie hat sich seit mehr als zwanzig Jahren Alles verwandelt! Wie sind die Säulen gefallen, von denen man wähnte, daß sie Reiche und Welttheile stützten! Sie sind gefallen, und die Geschichte geht ihren Gang, und die neuen Geschlechter gedeihen. Ein unbekannter Emporkömmling beherrscht die mächtigste Nation von Europa, und durch sie unsern Welttheil, unser Deutschland wenigstens. Sein gestifteter Adel hat sich unter die ältern Familien gemischt und gilt neben diesen. Unser deutsches Vorurtheil ist von ihm gestürzt und hat in dem wahrhaft aristokratischen England niemals gegolten. Ja, ist es nicht vielleicht die sicherste Erhaltung und Wiederherstellung des deutschen Adels, wenn die jüngern Söhne, vorzüglich aber die

jüngern Töchter nicht auf den Adel der Familie Ansprüche machen
und nicht in das Erbe eintreten? O ehrwürdiger, edler Mann, geben
Sie mit freiem Herzen Ihrer Umgebung ein Beispiel, bringen Sie das
Opfer eines veralteten deutschen Vorurtheils, um zwei Herzen
wahrhaft glücklich zu machen, die keine Begier nach Reichthum
fühlen oder als Adelige glänzen wollen.

Der alte Graf betrachtete seinen Secretair lange mit scharfem, prü-
fendem Blicke und sagte dann mit fester Stimme: Ich habe Sie aus-
reden lassen, junger Mann, um mich ganz von dem Zustande Ihrer
Krankheit zu überzeugen, denn daß Sie im Fieber sind, weiß ich
ganz gewiß, ohne Ihren Puls zu fühlen. Es ist dieselbe Fieberhitze,
die jetzt die Welt umtreibt und alles Leben und alle Gesundheit zu
zerstören droht. – Haben Sie in dem lehrreichen Briefwechsel des
großen Friedrich von Preußen niemals die Stelle gelesen: »Ich habe
die Gesinnungen meines Standes«? Mit den wenigen inhaltschwe-
ren Worten konnte er jene Sophistereien niederschlagen, die ihm
aus der Erfüllung seiner Pflicht einen Vorwurf machen wollten. Wir
lachen, wenn wir hören, daß es Einsiedler giebt und gab, welche
trinken und sich berauschen, die sich von Zeit zu Zeit in die weltli-
chen Zerstreuungen drängen. Warum wählte dieser gestörte Mann
diesen Beruf? fragen wir mit Recht. Und diese Fragenden sind meistentheils eben so verirrt. Der Gelehrte klagt über seine einsame,
abstumpfende Beschäftigung; er möchte in das Staatsleben eingrei-
fen. Der Geschäftsmann schämt sich seiner Bestimmung und jam-
mert, daß er nicht Dichter seyn darf, ohne daß er noch weiß oder
erfahren hat, ob ihn die Natur mit Talenten ausstattete. Der Dichter
fühlt sich zurückgesetzt, weil ihm nicht die weltliche Ehre eines
Ministers oder Generals erwiesen wird. Der Militair möchte Prediger und Apostel seyn, er weissagt und steht geistlichen Zusammen-
künften vor. Der Geistliche verachtet seinen Beruf und sehnt sich in
das Getümmel der Welt hinaus. Feldherr möchte jener kleine, dürf-
tige Mann seyn, den die Natur und sein Studium zu gelehrten Forschungen anwies. Der Bürger verwünscht sein Handwerk, und der
Bauer sieht mit Neid den Städter an. So ist Alles aus seinen Fugen,
und Jedermann ist unzufrieden, eben nur deshalb, weil er unzufrieden seyn will. Diese Verstimmung nennen die Verblendeten den
Fortschritt des Zeitalters und verlästern alle Diejenigen, die von der
Treue zu ihrem Beruf begeistert sind, als Beschränkte, Armselige,

vom Vorurtheil Befangene. Ihre scheinbare Philosophie möchten sie mit Gewalt ausbreiten, und Jeden als Blödsinnigen unwirksam machen, der sich ihrem Thun widersetzt. Ist ein Jüngling an diesem Zeitgeist erkrankt, zugleich noch von der Liebe begeistert, so nennt er seinen Wahn göttliche Eingebung, und möchte sich und das Theuerste seinen Hirngespinsten aufopfern. Nein, mein junger Freund, kehren Sie um, wenn es noch möglich ist. Denn diese Grillen von Gleichheit der Stände und was damit zusammenhängt, sind allzu unhaltbar. Erlaubt es sich der Mensch erst, sich gegen die Bedingungen seiner Natur aufzulehnen, so muß er im Wahnsinn endigen. Denn keine Grenze, keinen Halt giebt es für dies Bestreben. Sollen mich Leidenschaft, Grille und Willkühr regieren, so muß ich mich gegen Alles auflehnen, was da ist, denn mein Dasein fängt mit Resignation an und ist auf diese gegründet. Diese Lebens-Bedingnisse, ohne welche es keine Freiheit giebt, fordern von mir die Aufopferung vieler sogenannten Freiheiten. Das innerste geheimste Leben der Natur webt in Zahlenverhältnissen und mathematischen Gesetzen. Das System unserer Erde, der Sonne und der Planeten, ja die ganze denkbare Welt ist ein unermeßliches Uhrwerk, das ohne Tact und Ordnung nicht da seyn könnte. Diese Ordnung und Kraft der Zahl ist das innerste Grundwesen unserer Seele; und das Erringen der Freiheit, das Vernichten oder Hemmen der Ordnung, die sich in unserem Leben auch äußerlich gestalten muß, ist nichts als ein Streben, das Chaos und das Nichtsein wiederherzustellen.

Hier machte der Graf eine Pause, indem er sich eine Tasse Thee einschenkte. Edmund wußte nichts zu erwiedern, denn die sonderbare Stimme des Alten scholl ihm wie aus einer weiten Ferne. Nach einer Pause fuhr der Graf fort: Ein Staat, wenn er irgend von Umfang ist, wenn er diesen Namen verdient, kann nicht ohne Unterschiede des Volkes, ohne Stände seyn. Im Nächsten bildet sich hier das ewige Grundgesetz der Sterne und aller Naturen wieder ab; das Niedere existirt nicht ohne das Höhere; es Ist! und nur der Wahnsinnige fragt: Warum? Denn diese Frage ist keine Frage, und nur einem Aberwitzigen kann es einfallen, darauf antworten zu wollen. Der Adel, der angeerbte, ist von allen Einrichtungen die mildeste, um das Wohlbefinden der unteren Stände möglich zu machen. Wie er sich vergangen hat, wie man sich an ihm versündigt hat, wie er ausgeartet ist, wie ihm wieder könnte geholfen werden: diese Aufgaben sind zu ungewiß und weitsehend, um sie eilig erörtern zu können. Wenn wilde Eroberer ihre usurpirte Kraft daran sehen, zu zerstören, so kann doch auch ihr Reich nicht auf Vernichtung gegründet seyn, sondern sie müssen wieder bauen und jene unverrenkbare mathematische Ordnung auf ihre Weise wiederherzustellen suchen. Wer den Adel vernichtet, muß einen andern wieder aufbauen, sei es aus Geld, oder roher Soldatenkraft, oder Gunst. Auch das haben wir erlebt, und nicht zu unserer Freude.

Es entstand wieder eine Pause, und da sich Edmund ruhig verhielt, fuhr der Alte, nachdem er seine Tasse geleert hatte, fort: Je mehr in unsern Tagen alle jene ehrwürdigen Anstalten der Vorzeit unterzugehen drohen, um so mehr ist es die Aufgabe und die höchste Ehre Derjenigen, die von dem Werthe dieser Einrichtungen durchdrungen sind, sie aufrecht zu erhalten. Diese, die am Alten festhalten, sind Streiter für das Göttliche, sie kämpfen für die ewigen Rechte. Wer nachgiebt, diese überkommenen Vorrechte wissentlich oder leichtsinnig schmälert, seinen Nachkommen die angestammte Herrlichkeit verkümmert, ist ein Frevler und Sünder. Was fabeln manche christliche Secten von der Gnadenwahl! Daß ich Der geboren bin, der ich bin, mit diesem gesunden Körper, unter diesen Umständen, in dieser Zeit, nicht unter Lappländern, Hottentotten oder Türken, mit Geist, Verstand und Glaubensfähigkeit ausgestattet, – das ist die Gnadenwahl, die unbegreifliche, für die ein Jeder, in seiner Stellung, dem Himmel danken muß. Noch mehr Derjenige, der zu allen diesen Vorzügen noch den zählt, einer alten, berühmten Familie anzugehören.

Edmund hatte es nun schon aufgegeben, seine Bitten und Wünsche auf irgend eine neue Weise vorzutragen; die Worte des Alten hatten ihn so zerstreut gemacht, daß er den Redenden nur wie einen wunderbaren Ueberrest aus einer uralten, längst verflossenen Zeit betrachtete.

Der Graf fing, nachdem er den jungen Mann ebenfalls eine Weile starr betrachtet hatte, von neuem an: Nichts in der Welt hat an und für sich und von den Augen der sogenannten Vernunft betrachtet, einen wahren Werth: ein Vorurtheil, eine liebende Ehrfurcht, die sich eben so willkührlich als nothwendig an die Sache heftet, giebt ihm erst eine heilige Weihe. Und indem wir Menschen diese wahre Liebe, die schönste Kraft unserer Natur, dieses Vorurtheil, daran heften, wird die Sache etwas, und wir als Menschen wachsen mit dem Gegenstande, den wir geweiht und groß gemacht haben. So entsteht die wahre Geschichte, so bauen sich Völker und Staaten, Sitten und Gesinnungen auf, und ein mächtiger Baum des Lebens erwächst und giebt Tausenden Schatten und Erfrischung. Der Holzhändler, der aus Eigennutz, eines vorübergehenden Gewinnstes wegen, diese tausendjährige Eiche fällt, thut nichts Sonderliches, obgleich es jetzt an der Tagesordnung ist, diese Trödler und Höker als die Helden der Menschheit zu bewundern. Sie können also jetzt vielleicht begreifen, warum ich Ihre Wünsche und Absichten als sündliche ansehe, und von einer Einwilligung meinerseits niemals die Rede seyn kann.

Edmund wollte sich jetzt entfernen, aber der Alte winkte ihm, sitzen zu bleiben, indem er fortfuhr: Wenn ich so viele Bücher der neuern Zeit ansah, wenn ich sah, was um mich vorging, so habe ich die Kräfte und Leidenschaften bedauern müssen, die sich so vielfältig an Irrthümern und Schattengebilden zersplittern. Ein Baron oder Graf aus einer alten Familie, der ein Bürgermädchen heirathet, handelt viel schlimmer und liebloser als Derjenige, der sie in seinem unmoralischen Taumel verführt und erniedrigt, oder der sich heftig seinen jugendlichen Leidenschaften und Lüsten auf eine Zeitlang in der schlechtesten Gesellschaft überläßt. Dann wenigstens untergräbt er doch die Ordnung des Staates nicht, und seine Sünde fällt nur auf sein Haupt, das Unglück trifft nur Einige, die es oft durch Leichtsinn verschuldet haben. Aber auf jenem scheinbar tugendhaften Wege macht er sich und das Mädchen unglücklich; wenn sie Aeltern und Verwandte hat, auch diese; mit seiner eignen Familie, Aeltern, Oheim, Basen, geräth er in das traurigste Mißverhältniß; seinen Kindern raubt er die Auszeichnung und Vorzüge, zu welchen das Schicksal sie bestimmt hatte; er giebt andern Leichtsinnigen Beispiel und Rechtfertigung, und verschuldet es, daß noch in später Nachwelt sein heilloser Irrthum traurige Früchte trägt. Und ein Mädchen, die sich, ihre Familie verleugnend, erniedrigt! Welch ein elendes Loos steht ihr bevor? Nicht lange, so wird sie sich zurücksehnen nach jenen Geschwistern und Verwandten, von denen sie sich muthwillig getrennt hat; der Mann genügt ihr nicht, der alte

Stolz ihres Blutes erwacht, und sie muß dieselbe Liebe Thorheit schelten, die ihr vor Kurzem noch als das glänzendste Kleinod ihres Lebens erschien.

Jetzt stand er auf und schloß einen Schrank auf; Edmund hatte sich auch erhoben. Bleiben wir noch etwas beisammen, fing der Graf wieder an, denn ich habe Ihnen noch einiges zu sagen. Er faltete ein Papier zusammen und legte es vor sich; mit einem andern, viel freundlichern Tone sprach er dann: Lieber Edmund, Sie sind mir sehr werth, sehr theuer gewesen, ich habe Sie wahrhaft geliebt, und daß wir uns auf solche Weise und durch diese Veranlassung trennen müssen, schmerzt mich innigst. Der Himmel hat mir keinen Sohn geschenkt; als Sie nun das erste Mal zu mir durch diese Thür hereintraten, fiel mir Ihr Wesen, Gang, Antlitz, der Ton Ihrer Stimme, alles so auf, daß ich tief gerührt war. Einen solchen Sohn möchte ich wohl haben! sagte ich zu mir selbst, so hätte ich ihn mir gewünscht, so hat ihn meine Phantasie mir so oft vorgemalt. Täglich wurden Sie mir lieber, so sehr, daß ich immerdar über mich wachen mußte, um nicht mit Ihnen in den vertraulichsten Ton zu fallen. Aber freilich, so oft es mir beifiel, daß Sie durch meine Tochter mein Sohn werden könnten (wie man denn viel Thörichtes in den Stunden schlafloser Nächte zusammenphantasirt), so hatte ich Augenblicks einen Widerwillen, ja einen Abscheu vor Ihnen, wie es Ihnen vielleicht auf ähnliche Art ergeht, wenn Sie mit jenem Simonssohn beisammen sind, mit welchem ich Sie recht vertraulich habe wandeln sehen, und es fällt Ihnen plötzlich ein, daß dieser Mann ein Jude ist. Sehen Sie, dergleichen, was die Seele unseres Blutes ist, was wir weder vergessen können noch sollen, sind unsere Vorurtheile. Sie werden, wenn ich Sie jetzt auch von mir entferne, darum nicht von mir gehaßt. Hier ist die Eingabe, daß Sie die Hofrathsstelle dort in jener angenehmen Stadt erhalten mögen, die Sie lieben; der Gehalt ist sehr bedeutend, mehr als Sie gewünscht haben, dort können Sie Ihre Mutter zu sich nehmen; es fehlt Ihnen nicht, bald höher zu steigen, wozu ich meinen Einfluß und die Gnade unsers Königs nicht verabsäumen werde. Eine reiche Gemahlin kann Ihnen, wie liebenswürdig und gut Sie sind, nicht entgehen, und so genießen Sie eines wahren irdischen Glücks, indem Sie jenes phantastische aufgeben, welches doch früher oder später eine Quelle der Trübsal für Sie geworden wäre.

Edmund konnte sich einer seltsamen Empfindung nicht erwehren, die aus Rührung und Bitterkeit gemischt war. Auch eine Art Schadenfreude überschlich ihn, wenn er an jenen unwürdigen Nebenbuhler dachte, dessen Aussage doch vielleicht keine Lüge seyn könnte. Freilich, sprach er zu sich selber, wird ein solcher Lump, falls er nur Edelmann ist, dem ehrwürdigen Thoren immer noch lieber seyn, als ich Aermster.

Excellenz, fing er zögernd an, ich habe jetzt von Ihren Lippen viel Böses, viel Gutes, Kränkendes und Erhebendes hören müssen; ich bitte Sie um die Erlaubniß, noch eine Zeitlang in Ihrem Hause verweilen und die Gräfin sehen und sprechen zu dürfen. Ich bin überzeugt, unser Beider Gemüth findet sich leichter und edler in Das, was durch Ihre Grundsätze und Überzeugungen ein Unabänderliches geworden ist. Unsere Trennung wird uns dann weniger gewaltsam erscheinen, unsere Seelen gewöhnen sich allgemach an den ewigen Abschied. –

Nein! rief der Graf, dazu kann ich meine Erlaubniß niemals geben. Bis Ihre Bestallung ausgefertigt ist, mögen Sie, wenn es Ihnen bequemer ist, in meinem Hause bleiben, aber Sie geben mir Ihr Ehrenwort, die Comtesse in der Zeit nicht zu sehen und zu sprechen, denn ich werde ihr den Befehl ertheilen, ihr Zimmer nicht zu verlassen. Ich bin überzeugt, Ihre Stimmung und Liebe ist jetzt die lauterste und heiligste; oft vergessen sogar die jungen Leute in ihrer hochgestimmten Leidenschaftlichkeit, daß die körperliche Vereinigung in der Ehe das Ziel ist, wohin die Natur alle diese überirdischen Schwärmereien führen muß. Ich traue Ihnen selbst und halte Sie für edel, aber ich vertraue der menschlichen Natur nicht, die in ihrer höchsten Verstimmung sich nur zu leicht überspringt und auch das Niedrige umarmt und sich ihm verbrüdert. Vielleicht lasse ich meine Tochter zu ihrer Tante, meiner Schwester, verreisen, um vor allen Thorheiten so mehr gesichert zu seyn.

Der alte Mann ging jetzt zu einem andern Schranke, schloß ihn bedächtig auf und öffnete dann ein geheimes Fach. Edmund wollte sich nähern, aber der Graf wies ihn stumm mit der Hand zurück, und bei dem ungewissen Schimmer der Lampe schien es dem Jüngling, als wenn er den Greis eine Thräne vom Auge trocknen sähe. Der Graf verschloß das Fach und den Schrank wieder sorgfältig, nachdem er einige versiegelte Papiere herausgenommen hatte. Diese betrachtete er lange und näherte sich dann dem jungen Manne, welcher ungewiß war, ob er gehen, ob er bleiben solle. Nehmen Sie hier, fing er an, einige Briefschaften, die ich Ihnen vertrauen will, sehen Sie sie durch, doch mit der Bedingung, daß Sie gegen Niemand, auch meinen Schwiegersohn nicht, davon sprechen. Die Papiere betreffen und erörtern ein altes Verhältniß, eine Epoche meines Lebens, die mir sehr wichtig war. Sie werden mich aus ihnen näher kennen lernen, und ich vertraue sie Ihnen, damit Sie daraus ersehen, wie edle Seelen sich fassen, wenn sie in Lagen und Stimmungen sind, der Ihrigen ähnlich.

Edmund empfing die vielfach versiegelten Blätter aus der zitternden Hand des Greises. Wenigstens, sagte er dann, bleiben Sie in meinem Hause, bis Sie dieses durchgesehen haben, lesen Sie aber bei verschlossenen Thüren, und wenn Sie ausgehen, rechne ich darauf, daß Sie diese Blätter jedem Auge entziehen. Haben Sie geendigt, so senden Sie sie mir im versiegelten Umschlage zurück, denn es ist möglich, ja wahrscheinlich, daß sich unsere Augen nicht wieder begegnen, am wenigsten möchte ich Sie unmittelbar nachher sprechen, wenn Sie diese Papiere angesehen haben. Und nun, mein junger Freund, den ich wie einen Sohn geliebt habe, umarmen Sie mich zum Beschluß unserer Bekanntschaft recht herzlich. Dieses körperliche Zeichen des Wohlwollens und Vertrauens ist mir, mir selber unbegreiflich, bei Ihnen nothwendig: eine Berührung, die ich seit dreißig Jahren immer geflissentlich vermieden habe.

Er drückte den jungen Mann wiederholt herzlich an seine Brust, er war so bewegt, daß er sich nur mit Mühe losmachen konnte. Endlich setzte er sich wieder in seinen Armstuhl, winkte mit der Hand, und Edmund entfernte sich mit den seltsamsten Gefühlen.

Frimann eröffnete, in seinem Zimmer verschlossen, die vielfach versiegelten Blätter, aber er war so zerstreut und aufgeregt, daß er den Inhalt nicht fassen konnte; die Buchstaben blieben ihm nur todte Zeichen. Er verbarg Alles, ging dann im Zimmer umher, sah auf die Straße hinaus und überdachte sein Schicksal. Bald zeigte sich ihm das Bild des Grafen in einer ehrwürdigen Gestalt, bald erschien es ihm gespenstisch und fratzenhaft. Das Leben selbst drohte ihm in ein unzusammenhängendes Possenspiel zu verrinnen; er zweifelte selbst an der Wahrheit seiner Liebe und der Tugend seiner Geliebten. Wie sein Blick den dunkel schwebenden Wolken nachzog, war es ihm, als sei es ein Glück, daß seine Leidenschaft auf diese Art gestört sei, indem er nun wieder ein freieres, glücklicheres Leben beginnen könne. Dann fiel ihm jener erste Blick wieder in die Seele, die holden Worte folgten, das Gepräge ungefälschter Wahrheit, alle jene Wonnestunden erhoben sich wieder im vollsten Glanze, und sein Wunsch nach Freiheit erschien ihm als Frevel und Lästerung.

Er verließ das Haus und die Stadt, er aß in einem fernen Gasthofe, weil er die Menschen und ihre Gespräche vermeiden wollte. Dann streifte er durch den nahen Wald, und kam am Abend zur Stadt zurück, um den alten Baron nach jener Gesellschaft abzuholen, wo er seinen seltsamen Nebenbuhler finden sollte. Der Baron erwartete ihn schon und sagte, indem sie fortgingen: Sie müssen nur, mein junger Freund, nicht Das erwarten, was man gemeinhin eine reputirliche Gesellschaft nennt, denn wir humoristische Köpfe haben uns vereinigt, uns eben einmal in der Woche das vollständige Gegentheil von dieser darzustellen. Darum darf auch ein Mitglied nur einen Freund an jedem Abend mitbringen, für dessen Verstand und Bildung er sich verbürgt, daß dieser nicht zu den Prüden oder Frömmlern gehört, damit der harmlose Spaß, zu welchem wir zusammenkommen, nicht bei den Tugendhaften der Stadt ein übles Gerede und schlimme Verleumdung der unschuldigen Mitglieder zuwege bringe. Sie finden also allerlei Menschen in unserm humoristischen Klub, denn Stand und Würde, Niedrigkeit oder Höhe schließen keinen aus; nur irgend eine Seltsamkeit, Caprice oder Thorheit muß Jedermann, der aufgenommen zu seyn wünscht, aufweisen können. Ich wüßte an Ihnen, geehrter Freund, nichts von dieser Art zu nennen, und darum können Sie wohl mein Gast, aber nicht leicht ein Mitglied werden. Jede Gesellschaft muß irgend eine Ordnung, ein waltendes Gesetz beobachten, wenn sie sich nicht selber zerstören will. Der Präsident wird alle Monate neu gewählt; jetzt ist es ein Schuster aus der Vorstadt, ein kleines, bucklichtes Männchen, der aber Jedermann Rede und Antwort zu geben weiß. Der Küster von Lambertus ist auch in der Regel zugegen, so wie der Glöckner von St. Peter. Sie werden sie ja selbst sehen und sich auswählen können, wer Ihnen am meisten zusagt.

Ich gehe nur wegen jenes verworfenen Menschen mit Ihnen, antwortete Edmund, der sich gerühmt hat, der begünstigte Liebhaber der Gräfin Elisabeth zu seyn. Ist er auch ein Mitglied Ihres Kränzchens?

Gewiß, antwortete der Baron; aber warum wollen Sie ihn schelten, ehe Sie ihn näher kennen? Der junge Herr Wendelbein ist nicht so ganz übel und ruchlos, er hat neben seinem Leichtsinn und seinen drückenden Schulden auch seine guten Qualitäten, und für unsern Zirkel ist er einer der belebendsten Geister, denn er erfindet immer etwas Neues und Behagliches, bringt Gespräche und Untersuchungen, Dispute und Gleichnisse auf die Bahn, die kein Anderer so in Bewegung setzen könnte. Ich bin nur neugierig, welchen Gast er heute herbeischleppen wird, denn er weiß stets die seltsamsten Originale aufzutreiben. Man sollte es nicht glauben, wie viele unkluge und sonderbare Menschen in jeder Stadt leben; man bemüht sich nur zu selten, sie aufzufinden. Das ist aber auch ein Vorzug unserer Akademie, daß man Charaktere in ihr kennen lernt, die man sonst wohl nicht so leicht sehen würde.

Sie waren durch mehre dunkle Gassen geschritten und standen jetzt vor einem unansehnlichen Hause, in welches der Baron einging und an der Hand seinen Begleiter über einen dunkeln Gang nach sich zog, der fast gar nicht von einer unscheinbaren Lampe erleuchtet war. Sie stiegen eine enge Treppe mühsam hinauf, ein Krüppel kam ihnen entgegen, der als Aufwärter die Thür öffnete, und jetzt stand Edmund im Saal, in welchem schon der größte Theil der Gesellschaft versammelt war.

Oben an einem Tische saß der Schuhmacher als Vorsteher, eine breite, etwas gekrümmte Figur; neben ihm der Küster, ein hageres, langes, blasses Männchen, welches eine politische Miene machte und immerdar mit Feinheit lächelte. Noch einige Gesellen, unansehnlich genug, saßen nach ihrer Ordnung, und der Baron nahm jetzt seinen jungen Freund bei der Hand, führte ihn vor den Präses, verneigte sich und sprach, indem die Uebrigen aufstanden: Ein junger, trefflicher Mann, für dessen Bildung und Diskretion ich einstehe, wünscht unsere Societät kennen zu lernen, und ich habe ihm seinen Wunsch, sich zu erheben und zu verbessern, nicht verkümmern mögen.

Er ist willkommen, sagte Knorr, der Schuhmacher; es ist uns heilige Pflicht, Denjenigen, welcher nach Wahrheit dürstet, brüderlich aufzunehmen. Zugleich gab er dem Eingetretenen die harte Hand, und Edmund fühlte die seine so heftig gedrückt, daß er hätte aufschreien mögen. Dann mußte er sich neben dem Küster niedersetzen, der ihm lächelnd seinen Platz anwies. Ein dicker Mann, mit aufgeblasenem rothen Gesicht, welcher unten an der Tafel saß, dem Präsidenten gegenüber, rief mit heiserer Stimme: Obgleich der Name eines Menschen nur Schall und Rauch ist, und niemals zu der Wesenheit der Schöpfung gerechnet werden kann, so müssen wir den neuen Gast doch schwarz auf weiß in unsere Chronik eintragen, damit die lesebegierige Nachwelt wissen könne, er sei heut, den vierzehnten November, im Jahre 1810, in unserer Mitte gewesen, oder vielmehr am obern Ende des Tisches, neben dem wohlgelehrten Herrn Kustos Ehrenfried.

Verzeihung, Herr Sekretair, rief der Baron, der sich neben den Präsidenten gesetzt hatte, daß ich meine Pflicht verabsäumt habe; dieser junge hoffnungsvolle Schüler der Weisheit benennt sich Edmund Frimann und steht als Privatsekretair bei Sr. Excellenz dem Herrn Oberkammerherrn Seestern in Diensten; er bewohnt in dessen Palast eine Stube, zwei Treppen hoch gelegen, nach vorn heraus, geht des Morgens gewöhnlich, wenn er nicht den Gräfinnen seinen Besuch macht, in einem blauen Oberrock und hat die Eigenheit, daß er diesen niemals, es müßte denn sehr kalt seyn, zuknöpft. Auch will man von ihm sagen, daß er in den Zeitungen die nach den Weltgeschichtsartikeln folgenden Anzeigen fast mit derselben Begier als die Politik liest; wenigstens ist allgemein von ihm bekannt, daß er oft die eine und andere bedeutende Nachricht laut und mit Ausdruck vorgelesen habe, sogar mit Rührung jüngst die bekannte wehmüthige Nachfrage nach jenem Mops, der sich verlaufen hatte. Die ganze Familie des Oberkammerherrn war von dieser Lektüre so tief erschüttert, daß sie sich noch nicht völlig von dieser schmerzensreichen Stunde erholt hat.

Der Freund hat also Gaben, rief der dicke Sekretair. Ich werde diese höchst interessanten biographischen Notizen, die mir so eben vom Forscher mitgetheilt worden sind, nicht verabsäumen, unserem Buche und der Geschichte unserer Akademie einzuverleiben.

Der Graf, schmunzelte der Küster, ist in der That unermüdlich, die Memoires unserer Sozietät gründlich auszuführen. Er widmet sein Leben der Aufgabe und opfert alle seine Kräfte diesem unsterblichen Streben. Aber wie wird ihm auch die Nachwelt staunend danken, wie wird sein Name und sein Werk glänzen, wenn Eroberer längst vergessen sind und die Urenkel unserer Urenkel ihre ungeputzten Schuhe oder Stiefel vom Staube manches längst eingestürzten Palastes und Tempels bepudern lassen.

Edmund, der sehr verstimmt war, fragte den hagern Küster: Wie heißt der Herr Graf dort unten?

Es ist der Graf Krusing, sagte der Geistliche; er hat einmal ein Freibataillon kommandirt, dann hat er große Reisen gemacht, er wollte dann wieder in Dienste gehen, aber die Welt verkennt seine Größe und ließ ihn warten und warten, bis er endlich, jetzt sind es zehn Jahre, die Geduld verlor, und nun sein undankbares Vaterland wieder auf sich warten läßt, denn er hat geschworen, nunmehr sich dem Müssiggange zu ergeben. In seinem Hause steht in einigen Folianten ein ungeheuer gelehrtes Werk, welches er auf seinen Reisen ausgearbeitet hat. In diesem finden Sie die authentischen Nachrichten, immer mit den eigenhändigen Rechnungen der Gastgeber belegt, vom Preise der Lebensmittel, der Wohnung, der Weine etc. in den meisten Wirthshäusern und Ländern von Europa. Der Mann, wie Sie ihn da vor sich sehen, hat sich die Mühe nicht verdrüßen lassen, in die tiefsten Weinkeller mit seiner Korpulenz hinunterzusteigen, nach den Austern zu forschen an der Stelle, wo sie gefangen werden, den Aalen wie den Aalpasteten nachzugehen, wie oft, um nur seiner Pflicht, die er mit Enthusiasmus erfüllt, genug zu thun, Indigestionen nicht gescheut, Kopfschmerz und Gicht, damit nur endlich der Irrthum und das leere Wortgeschwätz verschwinde und die Welt nach Jahrhunderten mit Sicherheit wisse, dort sind die und die Weine, so und so, an jenem Ufer kriecht die Schnecke, die auf diese Art verspeiset werden muß, der Hummer sieht so aus, wenn er eben frisch aus dem Meere ans Land steigt. Aber nicht allein hat er alle Naturreiche so durchforscht, daß er jeden Geschmack wirklich zu erleben suchte, und sich nicht mit Hörensagen begnügte, indem er tausend Gerichte prüfend und als Denker verspeiste, die ihm nicht oder nur wenig mundeten; er hat sogar alle jene noch lieber in sich aufgenommen, die er wohlschmeckend fand und die er mit einem gewissen einseitigen Eifer verzehrte. Und sollten Sie's glauben? Sein Wahrheitstrieb ist so unermeßlich und erstaunenswürdig, daß er noch täglich dieselben Prüfungen anstellt und wiederholt, weil ihm immer wieder ein philosophischer Zweifel kommt, ob er auch die Wahrheit, und die ganze Wahrheit, und nichts als die Wahrheit in seinem Werke ausgesagt habe: so forscht er denn Tag und Nacht von Neuem und ist nicht selten ein Märtyrer seiner Gründlichkeit. Sagen Sie selbst, wo bleibt ein Buffon, ein Linné, ein – *etcetera* bei solchem?

Küster! rief der Graf, macht mich nicht schamroth; die Röthe auf meiner Nase inkommodirt mich schon außerdem; alles Lob, auch das verdienteste, muß sich in den Schranken einer gewissen Mäßigkeit erhalten. Die Griechen scheuten es, ihr Verdienst zu hoch anzuschlagen, um die Götter nicht zu erzürnen. Soll uns das Schicksal der Arachne nicht abschrecken, welches uns Ovid, nebst manchen andern Verwandlungen, so rührend schildert? Wißt Ihr nicht mehr, Freunde (aber Ihr vergeßt Alles, obgleich ich unter Euch am meisten esse), wie ich noch neulich, da ich auch meinem Enthusiasmus zu edel folgte, an dem unüberwindlichen Magenkrampf litt?

Der Präses erhob sich jetzt und sagte mit einer polternden Stimme: Meine Herren und Brüder! Edle! Biedre! dem Zeitalter Voreilende! Nur wenige Worte, die aber dennoch, wie ich im Voraus versichern kann, überflüssig und höchst unnöthig seyn sollen, wie es stets bei dergleichen aufmunternden Anreden gebräuchlich und herkömmlich gewesen ist. Wir kommen hier zusammen, theils um bei einander zu seyn, hauptsächlich aber, weil wir an diesem Tage nichts anders zu thun wissen. Die Menschheit will vorschreiten, das ist gar keine Frage. Es ist wie beim Komödienhause in Drury-Lane in London und im Covent-Garden, wo ich auch gewesen bin. Im Anfange ist der Eingang breit, breit; wohl fünfzig, sechzig können in Einer Reihe stehen. Das scheint ein ganz bequemes Leben. Man schiebt, drängt, stößt vor; hinter mir haben sich schon neue Sechzig angefügt. Immer schmäler wird's, denn die Anstalt, wo man sein Zeichen löst, ist ein Triangel, der in einer Spitze endigt, wie die weltberühmten Pyramiden so nach oben schließen. Nun bin ich schon in der Mitte eingeklemmt, wo etwa nur noch Zehn neben einander stehen können. Tausend, das drückt und arbeitet mit den Ellenbogen in meine Rippen hinein! Ich ginge gerne zurück, das ist aber völlig unmöglich, ich muß und muß vor, ob mir gleich der Athem vergeht. Dazu kommt, daß, wenn Alles im qualvollen Vorschreiten ist, sich hinten an die äußerste Reihe eine Menge unnützen Gesindels schließt, die gar nicht vorschreiten wollen und können, weil sie keinen Schilling besitzen, um einen Einlaß zu kaufen. Diese machen sich den Spaß, von hinten mit aller menschenmöglichen Gewalt die arme vorschreitende Menschheit nachzuschieben, daß Mancher gerne so, wie ich, wieder draußen stände. Der dumme Zuschauer, der die Geschichte nicht kennt, sollte meinen, diese Habenichtse hätten den größten Trieb, in das Heiligthum einzudringen; es ist aber buchstäblich nichts dahinter, denn sie sind die letzten und schieben nur, um zu schieben und die vorderen Schillingsfürsten zu ängstigen. Endlich, mit schmerzenden Seiten und Hüften, bin ich die Spitze, die Eins, der Vorderste geworden, der man nur einen Augenblick seyn kann; man giebt sein Geld eiligst, tritt eiligst in das angefüllte Haus, und nun ist noch die Frage, welche Dummheit das weltberühmte Kunstwerk seyn mag, so daß ich doch noch vor dem Schlusse mich wieder in die freie Luft begebe. – Sehen Sie, meine Herren, dieser Eingang sollte Sie nur darauf aufmerksam machen, wie man wohl etwas höchst Ueberflüssiges beibringen kann, wenn die Umstände dazu nöthigen. Ich wollte nur sagen, daß wir unsere edlen und heiligen Vorsätze nicht vergessen sollen, nehmlich: Nichts zu thun; – nicht den Nachbar zu kneifen und mit dem Ellenbogen zu stoßen, unter der Ausrede, man müsse mit der Menschheit vorschreiten. – Nicht wahr, meine verehrten Freunde, es lebt sich eigentlich erbärmlich draußen in der Masse? Die Gottesfürchtigen klagen über Laster und Bosheit, über den Abfall von Gott, über die Ränke des Teufels, und welche ungeheuere Sünden im Schwange gehen. Das, ihr Auferbauten, stört mich nicht; nein! Die Tugend, das Vortreffliche, Vollendete ist es, wogegen ich allenthalben schmerzhaft anrenne. Jedermann ist edel, patriotisch, keusch, verschämt, der beste Sohn, der edelste Vater und Gatte; Kindesliebe, Aufopferung, Bescheidenheit von allen Sorten, Uneigennützigkeit, Fleiß, Tiefsinn, religiöse Gesinnung, Freundschaft, – o, wie sie nur alle heißen mögen, diese Tugenden unseres Jahrhunderts, Einsicht in Politik und Staaten, Rathgeben in der höchsten Angelegenheit und die Allwissenheit unserer Jünglinge gar nicht einmal mitgerechnet, alle diese großen Eigenschaften, die alle Menschen fast ohne Ausnahme schmücken, sind meinen hausbackenen

Empfindungen und Handwerksfühlereien so völlig entgegen und contrair. In keine Bierstube trete ich, über den Markt gehe ich nicht, zu mir kommt Keiner, daß nicht alle, alle, ohne Ausnahme, so verdammt tugendhaft und so verflucht zart und anmuthig sind, daß mir Hören und Sehen darüber vergeht. Soll mir Einer ein Paar Stiefel bezahlen, die er mir schon seit einem Jahre schuldig ist, so kann er nicht dazu kommen, weil er sich aufopfern muß; meistenteils hat er's für die Menschheit gethan, und die Stiefeln sind auch schon wieder zerrissen, weil er so sehr mit dem Geiste der Zeit hat fortschreiten müssen. Geh ich einmal für mein weniges Geld in die Komödie, um aus all dem Tugendgesindel herauszukommen, so muß ich hier auch von ungeheurer Kindesliebe und von so zarter Keuschheit und feinraffinirter Unschuld hören, daß ich alter Kerl mich vor Scham nicht zu lassen weiß. O ihr goldenen Tage des spaßhaften Hanswurstes, wo seid ihr geblieben! Sagte der alte Freund auch einmal eine Zote und Dummheit, so litt er doch wenigstens an dieser Ueberfülle von Tugend nicht. Freilich kann man jetzt die tragischen Heldinnen und Väter, wenn man will, die Hofräthe, die Jünglinge und zarte Mädchen, auch als etwas verkleidete Hanswurste ansehen, die im Grunde alle jene Tugenden, von denen sie schwatzen, lächerlich machen; die Jünglingshelden sind auch meistentheils fast wie der alte Hanswurst bunt genug angezogen, doch dies Alles nur im Vorbeigehen, wie Jener sagte, der eine Semmel vom Bäckerladen nahm. Ich denke nun, unsere Einsiedelei, die wir hier gestiftet haben, um uns hier wenigstens, in diesem Zimmer des rothen Löwen, von der Tugend rein zu erhalten, verdient einiges Lob, denn sie bietet eine Zuflucht den alten Curiern mit ungekämmten Haaren aus der alten Zeit an, und wie man denn nicht leben kann, ohne geboren gewesen zu seyn, so kann man auch gewiß unsern stillen Umgang nicht schätzen, wenn man nicht eine Zeitlang in den Stricken der Tugend gelegen hat, und darum haben wir es zum Bedingniß unserer Loge gemacht, daß auch selbst als Gast kein Tugendhafter hier eintreten darf; denn wie unser Horaz schon damals ausrief: *Odi profanum vulgus et arceo*, das heißt auf deutsch: Kein Tugendknauser komme zu uns in den rothen Löwen!

Man klatschte dem nicht ungelehrten Schuster, der in seiner Jugend die Welt gesehen hatte, Beifall zu, und Edmund war unschlüssig, ob er sich in einer guten oder schlechten Gesellschaft, behaglich oder verdrüßlich fühlen sollte. Ein stammelnder Leineweber, der ihm gegenüber saß, nahm jetzt das Wort und sagte stotternd: Wenn man den meisten Völkern, vor allen aber den Franzosen, vorwerfen kann, daß alle Menschen des Landes zu sehr Ein Gepräge haben, und daß namentlich von den Pyrenäen bis Calais dieselbe Meinung über Theater, Philosophie und Galanterie herrscht, so giebt es in Deutschland gewiß kein so kleines Nest, in welchem nicht Ein Mensch wenigstens denken sollte: Gerade darum, weil Alle das und das glauben, will ich es bezweifeln! Derselbe verehrungswürdige Separatist setzt dann seinen dreieckigen Hut schief auf ein Ohr, wenn alle seine Landesgenossen schon längst runde Hüte tragen. Das ist aber die wahre deutsche Freiheit, die wir nie aufgeben dürfen, daß, wenn Alles klug wird, Der und Jener mit Vorsatz dumm bleibt. Sollen wir uns denn beherrschen und zu Sklaven machen lassen? Sei es von einem Kaiser, einem System, einem Dichter oder einer Wahrheit? Nein! Wie meine Landsleute aus Instinct geborene Schüler jeder nur auftauchenden Narrheit sind, so sind auch wieder andere, die sich hartnäckig auch dem Edelsten und Besten entziehen, und mit ächtem deutschen Sinn das Große verkennen und verlästern. Wir wollen und müssen zu Zeiten Hussiten und Bilderstürmer seyn. Wer kriecht dagegen wieder mit solchem Eifer unter den Mantel eines neuen Doktors und Professors, als eben der Deutsche? Ist das nun nicht vortrefflich und vielseitig?

Jetzt traten zwei Männer zur Gesellschaft, ein junger und ein alter. Der Baron winkte Edmund, und dieser erkannte daraus, daß der Jüngere jener Nebenbuhler sei, den er hatte kennen lernen wollen. Aha! rief der Graf, da kommt der durchlauchtige Herzog! – Ja, rief der Präsident, der Regent des großen Reiches Nichtsnutzigbengelland. Seht Euch, Durchlaucht, wir haben Eure Herrlichkeit schon seit Stunden vermißt. Aber, wen bringt Ihr uns da, höchst excellenter Wundermann?

Der junge Mensch, aus dessen bleichem Gesicht und matten Augen die Zügellosigkeit predigte, sagte mit frechem Wesen, welches unbefangen seyn sollte: Ich komme etwas später, weil ich erst diesen großen Mann abholen mußte, der gern unsern erleuchteten Zirkel wollte kennen lernen. Er war noch nicht angekleidet, und das hat unsere Ankunft verzögert. Er ist jener berühmte Dichter und

Volkslehrer, dessen neu erschienene Tragödien uns Alle vor ewigen Monaten so tief erschüttert haben.

Man bewillkommnete den Fremden, der nur von geringem Ansehen war und sich mit linkischen Manieren für die gütige Aufnahme bedankte. Beide setzten sich, und als ihn Edmund beim Lichte genauer betrachtete, glaubte er jenen gemeinen trunkenen Kesselflicker wieder zu erkennen, der neulich den Auflauf erregt hatte. Wie er damals schon am frühen Morgen berauscht war, so war er jetzt am späten Abend nüchtern, und da die Uebrigen sich nicht viel um ihn kümmerten, so verlor sich seine Verlegenheit bald. Die Andern schienen ihn nicht zu kennen, nur der Küster grüßte ihn mit einem vertraulichen Kopfnicken und sagte dann: Es freut mich, Dero Bekanntschaft zu machen, hochberühmter Mann. Wie denken Sie aber über jene Reinigung der Leidenschaften, welche Aristoteles der Tragödie für unerläßlich hält? –

Es war jetzt die Zeit gekommen, in welcher Jedem der Societät ein Maß leichten Weins vorgesetzt wurde; der angebliche Tragiker schenkte sich ein, trank wohlgemuth und sagte dann: Diese Reinigung, mein Bester, wird auf verschiedene Art bewerkstelligt; ist das Fundament und die Materie tüchtig, so ist Kratzen und Schaben immer das Beste; bei gebrechlichen Sachen muß man mit der Verdünnung und dem einfachen Waschen sich behelfen.

Der junge Mensch, der Wendelbein genannt wurde, freute sich über diese Erklärung, der Küster lächelte, und die Uebrigen schienen von diesem Gespräche nichts zu verstehen. Edmund aber war unwillig, daß man den gemeinen Trunkenbold eingeführt hatte; auch betrachtete er den jungen verwilderten Wendelbein mit Haß und Verachtung, er fühlte sich aufgereizt und bereuete es jetzt, daß er sich in diese schlechte Gesellschaft hatte einführen lassen.

Dieser Tragödiendichter, sagte Wendelbein jetzt, der, wie Sie gehört haben, nicht nur eine, sondern sogar verschiedene Arten in seiner Gewalt hat, die Leidenschaften zu reinigen, ist aber auch außerdem ein Säuberer der Staaten, ein Held, wie Hercules. Wir alle kennen die herrlichen Stellen in seinen Tragödien, in welchen er so groß und wohllautend für Recht und Freiheit spricht, den Despotismus schilt, und Fürsten und Ministern mächtige Wahrheiten kühn und deutsch sagt; aber das wissen Sie vielleicht nicht, daß seine That so viel gilt als sein Wort. Er befindet sich erst seit einigen Tagen in unserer guten Stadt, und schon hat er etwas Außerordentliches gethan. Alle guten Bürger, ich aber am allermeisten, haben Ursache, über die Tyrannei des Grafen Seestern, des Oberkammerherrn, zu klagen. Er unterdrückt das Gute, beschützt das Böse, so weit er nur reichen kann, und er ist um so gefährlicher, weil er das Ohr unseres gütigen, arglosen Königs besitzt. Nun hat diese Excellenz einen lieben guten Secretair, einen Mann des Volkes, der, weil er die ganze Korrespondenz seines Herrn kennt und großentheils selbst führt, auch in alle die Bosheiten und Schlechtigkeiten seines Gebieters eingeweiht ist. Dieser adelige Bürger hat, vom vielfältigen Unrecht empört, dem Oberkammerherrn gedroht, dem Könige alle die Abscheulichkeiten anzugeben. Was geschieht? Er jagt, der Graf, diesen edeln jungen Mann, ohne ihm nur sein Gehalt auszuzahlen, ohne ihm selbst seine Kleider verabfolgen zu lassen, aus dem Hause, will ihn sogar aufheben und auf die Festung setzen lassen. Ist die Verruchtheit nicht ganz so, wie sie uns unsre edlen deutschen Dichter, Kotzebue und Iffland, und ihnen ähnliche, mehr wie einmal auf dem Theater gezeigt haben? Aber, was geschieht? Dieser edle Deutsche hier, unser großer Poet, den ich Ihnen heut einzuführen die Ehre gehabt habe, erfährt von dieser Unthat, und sein tragisches Gemüth wird bis zum Erhabenen darüber entrüstet. Er läßt sich beim Grafen melden, als dieser eben die große Treppe heruntersteigt, um in die Frühmesse zu gehen, die dieser Frömmler an keinem Tage versäumt. Er stellt sich dem Grafen vor, und dieser, wie es so die Art der herzlosen Aristokraten ist, wirft sich in die Brust, behandelt ihn wie einen Menschen aus der Hefe des Pöbels, schimpft ihn, nennt ihn Papierverderber, Hungerleider, und belegt ihn mit noch schlimmeren ehrenrührigen Schimpfnamen. Umher stehen die Bedienten und Hausleute, oben auf der Treppe die Töchter. Alles freut sich, daß der edle Dichter so behandelt wird. Dieser aber, seiner wohlverdienten Lorbeeren, seines europäischen Ruhmes eingedenk, erwiedert mit noch härteren Redensarten, und da jener Elende hierüber noch mehr in Zorn geräth, nimmt unser Schicksalsdichter das spanische, goldknopfige Rohr aus den Händen des Verräthers, und prügelt ihn, der mit dem Scharlachmantel geziert ist, auf der Diele seines eigenen Hauses weidlich herum, und keiner der Gegenwärtigen wagt es, der Hand, welche die Nemesis selber zu regieren scheint, Einhalt zu thun. Ist das nicht groß?

Eine große, niederträchtige Lüge ist es! rief Edmund ganz im Zorn, indem er aufsprang und heftig mit der Faust auf den Tisch schlug. Er erzählte nun die seltsame Begebenheit, die er selbst mit angesehen hatte, und schloß dann: Dies, meine Herren, ist der trunkene, elende Kesselflicker, den jener Lügner wagt in Ihre Gesellschaft einzuführen.

Ein Kesselflicker? riefen Alle. – Nichts anders, erwiederte Edmund, Sie können ihn selbst täglich in den Straßen und in Ausübung seines Gewerbes sehen. Ich zweifle jetzt keinen Augenblick, daß Sie ihn und den saubern Herrn, der so frech seine abscheuliche Lüge vorgetragen hat, aus Ihrer Gesellschaft entfernen werden.

Junger Mann, sagte der Graf mit dem rothen Angesichte, ich begreife gar nicht, in welcher schlechten Gesellschaft, unter welchen Philistern Sie bisher gelebt haben müssen, daß Sie sich so gar nicht in den Ton der größern Welt zu finden wissen. – Also, ein Kesselflicker sind Sie in der That? So sein Sie mir von Herzen begrüßt, denn Sie sind der Erste dieser Art, der in unserm Kreise erschienen ist.

Er stand auf und umarmte ihn herzlich, die Uebrigen folgten seinem Beispiele, und alle sahen mit einer gewissen Geringschätzung auf Edmund hinab, indem der alte Baron sagte: Es bleibt wahr, keiner von uns Allen weiß uns immer so angenehm zu überraschen als unser Wendelbein, er ist unerschöpflich an neuen sinnreichen Erfindungen, und das Tollste und Wildeste wird in seinen Händen natürlich und anmuthig.

Eigentlich, sagte der Präsident mit lauter Stimme, nachdem sich Alle wieder niedergesetzt hatten, steht eine schwere Strafe auf diese moralische Erhitzung und Vergehung, die wir so eben zum allgemeinen Scandal haben erleben müssen; indessen da dem jungen Fremdling, der sehr zum Aristokratischen zu incliniren scheint, unsere Gesetze und Statuten unbekannt sind, so mag es ihm und dem Herrn Baron, der den ungezogenen Jüngling eingeführt hat, für diesmal verziehen seyn. Indessen soll der Baron doch, damit er fühle, wie er sich vergangen und wie er seine Bürgschaft etwas zu übereilt gegeben hat, den achtzehnten Artikel unserer Gesetztafel dem jungen Menschen laut vorlesen. Sekretair! reichen Sie ihm einmal das ehrwürdige Document.

Der Graf erhob sich, öffnete einen Schrank und nahm ein Buch heraus, welches in rothen Sammet gebunden und mit Gold verziert war. Er küßte den Band und überreichte ihn mit tiefer Verbeugung dem Baron, welcher aufschlug und las:

Item, soll es die Pflicht und die Obliegenheit eines jeden Mitgliedes seyn, so viel zu lügen, als es nur immer mag und kann, und nur im äußersten Nothfalle die sogenannte Wahrheit zu sprechen; damit wir nicht in das Laster der Weltmenschen fallen, die unter dem Namen der Wahrheit ihre Heuchelei, Unsitte, Verfolgung und Bosheit schadenfroh an den Mann bringen. Wer noch das Bedürfniß hat, Wahrheit zu sprechen, findet in den übrigen Gesellschaften dazu hinreichende Gelegenheit. Hier fällt Derjenige, der sich für Wahrheit ereifern sollte, in die Strafe des Tabakrauchers oder eines sonst moralischen Menschen.

Das Buch wurde zugemacht und wieder in den Schrank geschlossen. Sie sehen, mein junger tugendhafter Herr, sagte der Präsident hierauf, wie milde wir mit Ihnen verfahren, weil es uns Freude macht, uns als humane, gebildete Wesen zu zeigen. – Ich glaube übrigens, meine verehrten Herren Collegen, daß der Jüngling niemals auf die Ehre wird Anspruch machen dürfen, ein wahres Mitglied unseres Clubs zu werden, da er in den Anfangsgründen noch so außerordentlich zurück ist; auch trage ich darauf an, daß es unserm verehrten Herrn Baron in einem ganzen Monate nicht vergönnt seyn soll, einen Fremden einzuführen, weil er diesmal mit seiner Bürgschaft so voreilig gewesen ist.

Alle stimmten für diesen Vorschlag, und als Edmund gereizt und beleidigt sogleich die wunderliche Versammlung verlassen wollte, wurde ihm angedeutet, daß dergleichen nicht erlaubt sei, weil es auch gegen die Statuten laufe; er müsse bis zur aufgehobenen Sitzung verharren. Es thut mir leid, meine Freunde, sagte der Baron, daß der junge Mann, den ich immer geliebt und hochgeachtet habe, mir gewissermaßen Schande macht. – Schreiten wir nicht vielleicht zur Lectüre?

Der Küster nahm einige Blätter aus der Tasche und sagte: Ein guter Freund vom Lande, ein denkender Amtmann und Pachter, hat mir folgenden Aufsatz gesendet, um ihn unserer verehrten Akademie mitzutheilen, da er die Ehre genießt, ein geehrtes und gelehrtes

Ehrenmitglied unseres von aller Welt hochgeehrten Kreises zu seyn.
– Er las:

Mein geehrter Freund, Küster bei St. Lambert, wirkliches Mitglied der Gesellschaft für Humanität zum rothen Löwen, Vorsänger der Gemeine, Katechet u.s.w., auch Schulhalter u.s.w., Freund der Aufklärung u.s.w., Professor der Kalligraphie u.s.w., Expectant der goldenen Medaille u.s.w., Mitglied der Schützengesellschaft in Kundorf u.s.w., Abonnent im Lesezirkel u. s. w. – Meine Herren, wendete sich der Küster an die Gesellschaft, ich lasse lieber meine noch übrigen Titel aus, weil die Sache und Anrede in der That zu weitläufig ausgefallen ist. Man muß einem vertrauten Freunde, der uns durch dergleichen zu ehren glaubt, schon verzeihen. Ich wende mich nunmehr zur Lectüre selbst.

Werthgeschätzter Gevatter und mein Bruder im Christentum, aufgeklärter Dogmatiker, wie nicht weniger verehrlicher Vorleser im Kreise vertrauter Freunde, Corrector der Neujahrsgedichte, wohlbestallter Censor der Kirchennummern, welche die Gesänge beim Gottesdienste anzeigen, Doublüre des künstlichen Orgelspielers, Tacttreter und dritte Untervioline beim jährlichen Concert –

Der Küster unterbrach sich wieder und sagte: Ich sehe, mein Freund kann es nicht unterlassen, mich zu ehren, und bei dieser Gelegenheit fällt es mir selber erst recht auf, welche wichtige Person ich in unserem Jahrhunderte vorstelle. Also:

Ihr seht, Freund (so las der Küster jetzt), wie ich ohne Vorbereitung gleich zur Sache schreite, von der ich Euch Meldung thun wollte. Man spricht hier auf dem Lande viel von einer alten, aber erneuerten Entdeckung, die Euch Großstädtern fast den Verstand und die Beurtheilung rauben soll. Ich meine jene Geschichten mit dem thierischen Magnetismus, dem Somnambulismus, oder jener Hellseherei, in welcher die Menschen im tiefen Schlafe denken, prophezeien, in die Ferne sehen und dergleichen mehr. Was die Application dieser Entdeckung betrifft, was Magistrat, Ministerium, Goldmachern, Politik und Wahrsagerkunst, nebst der Religion und allen ähnlichen Behörden aus dieser Entdeckung für Nutzen ziehen werden, das Alles lasse ich dahingestellt seyn und wende mich nur an die Kraft selbst, diesen hellsehenden Schlaf hervorzubringen, der mir und vielen in unserer Gegend etwas Längstbekanntes und ganz

Alltägliches scheint, so daß wir uns hier nur verwundern, wie man in Eurer großen Stadt ein so mächtiges Aufheben hat machen können.

Die Gabe und die Kraft, die Menschen in diesen künstlichen und heiligen Schlaf zu versetzen, ist nicht Allen, selbst nicht Vielen mitgetheilt, auch hat sie Ein Auserwählter stärker als ein anderer. Das will ich wohl glauben. Ich habe sie zum Beispiel gar nicht, wüßte auch nicht, was ich mit einem so sonderbaren Talente anfangen sollte. Im Gegentheil muß ich des Morgens früh herumlaufen und mit meiner starken Stimme und nach Gelegenheit mit einem hülfreichen Instrumente die faulen Knechte und Mägde aus ihren Betten wecken. Das fehlte noch, daß ich diese einschläferte, da sie schon ohne Nachhülfe zum Schlaf und Schnarchen incliniren. Wenn das also für mich eine völlig brotlose Kunst wäre, so will ich doch nicht in Abrede seyn, daß sie in andern Verhältnissen ihren großen Nutzen haben könne.

Und das haben wir Alle hier in unserem Kirchspiele auch schon seit vielen Jahren erlebt, denn beiläufig gesagt, es ist kein so kleiner Ort, wo man nicht Etwas erlebt. Also, aus der nächsten Hand haben wir hier etwas Wunderbares erlebt, und nicht etwa seit gestern, sondern schon seit zwanzig, dreißig Jahren, und die ganze Gemeinde zu Ulndorf, so wie das zweite Filial, Almenberg, sind immer Zeuge davon gewesen, so wie jeder Fremde, der sich nur um die Sache hat bekümmern mögen. Verstehen Sie mich jetzt, verehrter Custos. Seit fünfundzwanzig Jahren steht ein Herr Rathmann der hiesigen Gemeinde vor, als Prediger, Seelsorger, Pfarrer, oder wie man ihn nennen will. Nun habe ich schon viele Geistliche gesehen, die es wohl dahin bringen können, daß einige ihrer Zuhörer nach und nach in Schlummer oder Schlaf gerathen, oder mindestens gähnen, zerstreut sind und eben nicht hinhören, welche Ermahnungen und Ermunterungen zur Tugend ihnen vorgesprochen werden. Es war auch vormals in Eurer Residenz ein Seelenhirte, der gewiß in dieser schönen Gabe, die Gemüther zu beruhigen, nicht zu verachten war. Unser Rathmann aber, sehen Sie, Freund, so wie er die Kanzel bestiegen hat und das Vater unser gebetet, so lehnt er sich über das Pult mit seinem wohlmeinenden Gesicht, macht zwei oder drei Striche mit den Händen, die Kunststriche und Strichkunst aller psychischen Aerzte, und sagt etwa nur: Meine andächtigen Zuhörer,– und Alles, Alles schläft, vom Schulzen bis zum Nachtwächter, und zwar einen derben, gesunden Schlaf. Nun kommt der Kanzelvers, die Gemeine singt (Sie wissen ja, daß wir hier nicht, wie Ihr Heiden in der Residenz dort, katholisch, sondern rechtgläubig protestantisch sind), und so wie der Vers oder das Lied geendigt ist, und Alles noch eben aus voller Kehle mit aller Macht geschrieen hat – und Er, seine zwei, drei Striche mit den kraftbegabten Händen machend, meine andächtigen oder christlichen Zuhörer sagend – und schon bei der letzten Sylbe schläft die ganze Gemeine so fest, daß nicht ein Londoner, sondern der ordinärste kleinstädtische Taschendieb sie alle mit der größten Bequemlichkeit ausrauben könnte. Wenn das keine Zaubergaben sind, verehrter Küster, so giebt es keine mehr. Ich traue Euch und Euerm weltberühmten Probst ganz außerordentliche Talente zu, uns Menschen zu langweilen oder zu ennuyiren, aber das solltet Ihr einmal versuchen, und Ihr würdet Euch nur Schand' und Spott zuziehen. Und glaubt Ihr etwa, die Hellsehenden schnarchten nun? Den Schulzen ausgenommen, der es noch vom Chorsingen in der Jugend an sich hat, und es unmöglich lassen kann, kein einziger. Man könnte die Fliege summen hören, in dem sanft einförmigen Wellenschlag der frommen Worte des geistlichen Ermahners. Was also Eures Gleichen oder selbst die besten Magnetiseurs und Manipuleurs nach und nach erreichen müssen, indem sich die prosaische Wachsamkeit des Kranken gegen den einschläfernden Einfluß stemmt und wehrt, und erst mit vielen wunderlichen Strichen bezwungen wird, das richtet unser kleiner Prediger in dieser weiten Entfernung oben auf seiner Kanzel mit zwei, drei Strichen aus, die er herabfallen läßt, und zwar nicht auf ein nervenschwaches, confuses Frauenzimmer, sondern auf Hundertsechsundsechzig derbe, robuste Menschen, die gar nicht wissen, daß sie Nerven haben. Wundert Ihr Euch in Eurer Stadt, so kommt einmal auf unser Dorf heraus, um erst mit viel größerer Ursach in Erstaunen zu gerathen.

So geht nun die Predigt fort und dauert wohl eine Stunde. Keiner hört äußerlich ein Wort, denn sie sitzen alle da, die Männer mit geblümten Westen, die Weibsleute mit ausgewaschenen, aufgesteiften Hauben, alle fest versiegelt, der Welt und dem Irdischen entrückt; aber innerlich vernimmt ihr Geist die geistigen Worte, und das edlere, unsichtbare Wesen des Schulzen, seiner Frau, der Bauern, Cossäthen und Knechte wird gebessert; denn auferbaut, christlich, tugendsam sind sie auf einige Tage. In diesem unerschütterlichen, gesunden, heilsamen Schlafe sind sie befangen, und unser zauberbegabter Seelenhirt sagt am Schlusse seiner Predigt nur »Amen« und macht einen einzigen Gegenstrich – und alle fahren auf, sind so munter wie die Wiesel, und schreien und brüllen den Gesang, mit dem der Gottesdienst beschließt, so fürchterlich, daß die Todten in den Gräbern des Kirchhofes davon erwachen möchten.

Noch mehr. Ich behaupte, die hölzernen Bänke und Kirchenstühle sind von dem geistlichen Zauber unsers Rathmann so imprägnirt, daß auch ohne alle Predigt aus ihnen und dem so oft magnetisirten Mauerwerk der Schlaf unüberwindlich herausquillt. Ich habe wohl bemerkt, daß, wenn einmal junge Candidaten bei Krankheitsfällen oder Reisen den Alten ablösen, die Gemeine Anfangs, vielleicht selbst einige Minuten, mit sich kämpft, sie können den Anfangspunkt ihrer gewöhnlichen Schlafgerechtigkeit nicht gleich finden; aber bald ist Alles in Ordnung und das liebliche Vergessen der Gegenwart behauptet seine Rechte.

Ich ersuche Euch nun, Küster, dem es um Aufklärung wie mir zu thun ist, diese uralte hiesige Erfahrung Euerm Medicinalcollegium oder dem Ministerio der jahrhundertlichen Fortschritte mitzutheilen, damit man nicht länger eine Trivialität, über welche sich seit dreißig Jahren hier im Dorfe kein Mensch mehr wundert, eine neue Entdeckung schelte. Wollen jene Magnetiseure aber einmal was Außerordentliches thun, welches Epoche macht und künftigen Jahrtausenden noch blendend in die Augen leuchtet, so sollen sie Euch und andere Küster einmal in den prophetischen Schlaf zaubern, denn da Ihr immer singen, die Orgel spielen, oder den Blasbalg treten müßt, so seid Ihr gegen alle jene Stricheleien gepanzert, die niemals in Euer Herz oder Gangliensystem dringen können.

Bitte, diesen Aufsatz aber nicht unter den Schriften Eurer Hofakadamie abdrucken zu lassen, damit er der Lesewelt nicht völlig und auf immer entzogen werde.

Kallmus, Amtmann.

Die Heiterkeit der Versammlung war durch diese Vorlesung erhöht, und Edmund mußte sich nur darüber wundern, wie diese

Gesellschaft und ihre Unterhaltung aus guten und ganz verwerflichen Elementen so seltsam gemischt sei. Jetzt ließ sich auch der Kesselflicker vernehmen, indem er sagte: Was ich auch in meiner zurückgezogenen Lebensweise von diesem Magnetismus gehört habe, so sehe ich doch ebenfalls nicht, was dabei zu verwundern ist, denn Alles in der Welt geschieht so mit Streichen und Stricheln in verschiedener Manier. Wenn man die großen unbehobelten Kupfersteine sieht, wie sie aus der Erde kommen, wer sollte wohl denken, daß sich aus dem Unfug ein vernünftiger Kessel erziehen ließe? Das kommt nun ins Feuer, und dann wird mit Hämmern so lange an dem Dinge geklopft und überredet, bis es sich fügt und brauchbar wird. Was die Drahtzieherei für eine Bildungs- und Streckanstalt ist, ist bekannt. Das Gold läßt sich durch Klopfen verflachen, wie es kaum mit dem Menschen möglich ist, wo auch, wenn die Bildung gut ist, am Ende zehntausend Seelen mit ihrer Vernunft kein Loth wiegen. Dies Hämmern, was sonst mit Stäben auf dem menschlichen Rücken geschah, um Gelehrsamkeit, Tugend, Gedächtniß, Religion und Soldatenmuth in Kopf und Herz zu bringen, ist neuerdings, als eine barbarische Methode, verworfen worden.

Ihr habt Gedanken, Freund Frimann, sagte der Küster, und darum hättet Ihr höher steigen und Euch nicht am Ausbessern und Flicken der Kessel begnügen sollen.

Das Flicken, rief Jener, ist die wahre Schöpferkraft. Aus einem großen und mächtigen Stück Kupfer oder Messing so ein rundes Ding nach und nach mit Hülfe von Feuer, Hammer und Zange zusammenzukneifen, ist nichts Besonderes, denn die Masse ist da und fügt sich, wenn man sie recht behandelt; aber einem schadhaften, ein- und ausgebeulten, verlöcherten und zerschabten Kesselwesen wieder zu einem Ansehen zu verhelfen, daß es wie neu aussieht, das ist eine Kunst, der nur wenige Menschen gewachsen sind. Und nun vollends die an sich zerbrechliche irdene Waare! Und doch macht hier der gutgeführte Draht das Mährchenhafte möglich. Denn ein gutumsponnener Topf ist besser als ein neuer, und widersteht allen Fügungen des Zufalls mit mehr Kraft. Und so ist eigentlich alles Bessere in der Welt, alles Aufstreben, Bekehrung, Lernen, die Erhebung zum Göttlichen, oder wie es heißen mag, nur Flickerei. Die alten Schaden bleiben und sind unverbesserlich; man sucht nur zu heilen, zu verkleistern, zuzustopfen, und Feuer, Wasser,

Alles, was Anstoß erregt, setzt den veredelten und frommgewordenen Töpfen und Tröpfen doch immer von Neuem wieder zu, so daß die flickende Hand mit der wohlthätigen Hülfe niemals ausbleiben darf.

Frimann heißen Sie? fragte Edmund erstaunt.

Ja, junger Herr, erwiederte der Kesselflicker; Frimann, Freimann, wie Sie wollen; Frank ist wohl dasselbe Wort. Seltsam genug, daß die Kirche von unserm Küster ein altes Vermächtniß, eine uralte Stiftung von einem Frimann in Verschluß und Verwahrung hat, welches schon 1510 ist gemacht worden. Daran hängt eine Geschichte und eine vielleicht höchst merkwürdige Entdeckung. Ich habe nachgeforscht und dachte von diesen Frimanns abzustammen und so vielleicht durch die Eröffnung was Besonderes zu gewinnen, aber mein Vater war oben aus Norddeutschland und hieß zu Zeiten Fragmann, oder Fraymann, und er arbeitete, wie ich zu meinem Leidwesen erfuhr, seinen Namen in späteren Jahren um und erzählte mir noch auf seinem Sterbebette, daß er von dieser Familie Frimann nichts wisse.

Wie? rief Edmund bewegt; was ist das für ein Vermächtniß oder Geheimniß? Sie wissen, Herr Baron, daß Frimann mein Name ist, mir kann vielleicht – oder ist alles dies nur wieder, nach den Gesetzen und Freiheiten dieser Gesellschaft, Spaß und Lüge, um den gutmüthigen Fremden zu hänseln und zu beschämen?

Der Präsident erhob sich und sagte: Für die nächsten fünf Minuten ist hiermit das Lügen verboten, und die Wahrheit ist erlaubt und selbst anbefohlen für diesen Zeitraum. Redet, Freund Küster, sprecht kurz und bündig, was Ihr von dieser Sache wißt, die dem jungen Manne wichtig scheint.

In unserer Kirche, sagte der Küster, steht in einem nie besuchten Winkel hinter der Sacristei eine uralte Truhe, die mich immer an jenen berühmten Kasten in der Ratcliff-Kirche in Bristol erinnert hat, die, seiner Aussage nach, dem unglücklichen Chatterton jene alten Gedichte lieferte. Sie besteht aus zwei Abtheilungen. Die zweite ist immer versiegelt und verschlossen geblieben, und soll nach jenem Vermächtniß des ersten Frimann 1810 am dreizehnten December eröffnet werden, dem dann lebenden Abkömmling, wenn er sich als solchen ausweisen kann. In dem ersten Schubfache liegen die Zeugnisse der verschiedenen Frimanns, wer sie waren, was sie erlebten, nebst einem Zeugniß des Propstes, daß Alles Wahrheit sei. So ist es fortgegangen seit diesen dreihundert Jahren. Die meisten Frimanns, wie mir unser achtzigjähriger Probst erzählt hat, waren hier in der Stadt ansässig, der Letzte, von dem man weiß, lebte 1750 in Schwäbisch-Hall. Seitdem hat sich Keiner gemeldet, und der Probst ist Willens, mit dem neuen Jahre, wenn Niemand erscheint, die etwanigen Nachkommen in den öffentlichen Blättern aufzurufen. Vielleicht ist die Familie ausgestorben. Sprechen Sie aber, geehrter Herr Frimann, selber mit unserm Probst, um die Umstände vielleicht noch genauer zu erfahren.

Edmund wurde sehr nachdenkend. Er hatte von seinem Vater gehört, daß seine Vorältern in der Residenz gewohnt hätten, daß sein Großvater ein Bürger in Schwäbisch-Hall gewesen sei. Sein Vater war plötzlich gestorben, und als er selbst noch jung und unmündig war, so daß dieser eine deutliche Nachweisung nicht hatte geben können.

Ich danke Ihnen, sagte er gegen den Küster gewendet, und wenn ich auch nicht die Verwandtschaft unsers gelehrten Kesselflickers annehmen kann, so habe ich von dem zufälligen Besuch dieser gelehrten Gesellschaft doch vielleicht den allergrößten Vortheil.

So geht es immer im Leben, sagte der Graf; vielleicht ist dieser unscheinbare Abend die Ursache, daß Sie mit den größten Familien hier im Lande, wohl gar mit mir selbst in nahe Verwandtschaft treten. Und wäre ich nicht so klug gewesen, schon vor Jahren meine weitläufigen Güter zu verkaufen, so müßte ich besorgen, daß Sie mit gegründeten Ansprüchen hervortreten dürften. Ich werde aber in unsere Chronik eintragen, daß wir heute mit einem verhüllten Souverain in Gesellschaft gewesen sind.

Ihrem Herrn Principal, fing jetzt der verwilderte Wendelbein wieder an, wird aber eine elende Geschichte zubereitet. Sie wissen, meine verehrten Herren, auf welchem vertrauten Fuß ich schon seit lange mit seiner jüngsten Tochter Elisabeth stehe. Das Mädchen nun liebt mich mehr, als jemals Julie ihren St. Preux. Sie ist keine Spröde, keine gezierte Tugendheldin; indem sie liebt, hat sie sich dieser edeln Leidenschaft ganz und ohne Rückhalt ergeben. Wenn ich nicht der vorzügliche Mensch wäre, der ich bin, so könnte ich sie nun sitzen lassen; aber fern sei von mir ein solcher Leichtsinn, ich betrachte sie im Gegentheil schon jetzt als meine rechtmäßige Gemahlin. Uebermorgen in aller Frühe wird sie also von mir entführt. Alle Anstalten sind getroffen, und so wie wir über die Grenze sind, lassen wir uns trauen. Dann muß der Alte uns, er mag wollen oder nicht, sein großes Gut Rosenheim abtreten, und wir leben so glücklich wie Adam und Eva im Paradiese. Schade, daß die Fundamentalgesetze unserer Societät die Weiber ausschließen, sonst würde meine Elisabeth gewiß mit Freuden diesen geselligen Kreis verschönern helfen.

Edmund zitterte vor Wuth. Er sprang so schnell auf, daß einige Weinflaschen umstürzten und zerbrachen. Himmel und Erde! schrie er, sich ganz vergessend: diese Lügen – und er hätte gewiß die leidenschaftlichste Rede und eine zornige Ausforderung seinem vorgeblichen Nebenbuhler entgegen geschleudert, wenn ihn nicht ein unmäßiges lautschallendes Gelächter der ganzen Gesellschaft unterbrochen und so in Erstaunen gesetzt hätte, daß ihm alle Worte auf der Zunge liegen blieben. Verwirrt sah er umher, und als die Lachluft der frohen Gesellen sich endlich gestillt hatte, sagte der Präsident kopfschüttelnd: Ei! ei! junger Mann! Sie sind wahrhaft unverbesserlich. An Ihnen fruchtet keine Ermahnung. Sie haben schon wieder vergessen, daß es uns hier nicht um Wahrheit zu thun ist; der interimistische Bann war ja schon längst aufgehoben, die Freiheit war wiederhergestellt. Wie wollen Sie es denn in der Welt zu etwas bringen, wenn Sie sich immer so vergessen? Als wenn dort weniger gelogen würde! Nur mit mehr Salbung und Anstand geschieht es dort! – Meine Herren, ich trage darauf an, daß dieser Tugendhafte niemals wieder unter uns erscheine. Stimmen wir ab.

Es kam aber nicht zur Entscheidung dieser Frage. Der Baron war eilig abgerufen worden und trat jetzt erschreckt herein, indem er Edmund winkte und ihn bat, ihn zu begleiten, weil er schnell einen Besuch machen müsse. Als sie im Freien waren, sagte der Baron: Der Geheimerath Brockes schickt zu mir, ihn jetzt, schnell, noch in der Nacht zu sprechen. Ich kenne diesen Mann nicht und erinnere mich nicht, auch nur je seinen Namen gehört zu haben. Helfen Sie mir dies Abentheuer bestehen; der Bediente, der mich in meiner Wohnung aufgesucht hat, ist, da sein Auftrag dringend war, mir hieher nachgefolgt.

Edmund begriff ebenfalls nicht, was diese Sendung bedeuten könne, und folgte dem alten Freunde durch die finstern Gassen in gespannter Erwartung. Mitternacht war schon vorüber. Der Regen strich dünn und kalt, von einem schneidenden Frostwinde getrieben, ihnen entgegen. Sie kamen an ein großes dunkles Haus. Eine erleuchtete Treppe und dann ein anmuthig durchwärmtes großes Zimmer empfing sie. Hier saß ein freundlicher alter Mann, welcher sogleich aufstand und sich an den Baron wandte: Vergeben Sie, wenn ich Sie in so später Nacht gestört, vielleicht erschreckt habe. Sie kennen mich nicht; ich bin Vorsteher der Irrenanstalt, mit welcher zugleich das Zuchthaus für Verbrecher verbunden ist. In der Nacht hörten wir unvermuthet die große Glocke des Hauses anziehen, man öffnete, so ungewöhnlich die Stunde auch war, und meldete mir einen jungen Menschen, der mich durchaus sprechen wolle. Er ward zu mir geführt und trug mir zu meinem äußersten Erstaunen mit kaltem Blute die Bitte vor, ich möchte ihn doch in die Strafanstalt des Zuchthauses aufnehmen. Ich glaubte erst, daß er auf falsche Fährte geriethe und vielleicht bei den Gestörten ein Unterkommen suchen müßte. Er blieb aber auf seiner Bitte, und da ich sie ihm von Neuem abschlug, sagte er ganz ruhig: Es ist Nacht, es regnet draußen, mein Weg ist weit und wenn Sie mich auch fortschicken, läßt mich mein Vater doch morgen früh wieder herbringen. Er erzählte mir nun, ohne sonderliche Rührung, wie er Ihre goldene Repetiruhr entwendet und verspielt habe, und wie Sie ihm längst gedroht hätten, ihn unserm Hause zu übergeben. Er nannte mir Ihren Namen, Herr Baron, und ich ließ Sie eiligst aufsuchen, um mit Ihnen selbst wegen dieser traurigen und sonderbaren Begebenheit Rücksprache zu nehmen.

Der Baron sah abwechselnd den Rath und Edmund mit großen Augen an, endlich sagte er: Lassen Sie den Burschen hereinkommen.

Der Sohn erschien: Bösewicht! fuhr der Vater ihn an, also weder Furcht noch Schande kann Dir etwas anhaben? Lauf nach Hause, auch diesmal sei Dir noch vergeben, das heißt, ich will Dich nicht Deines letzten Verbrechens wegen strafen und Dich hier einsperren lassen, aber darauf kannst Du sicher rechnen, daß ich Dich enterben, daß ich Dir keinen Thaler nachlassen werde!

Ohne nur zu grüßen, ging der Ungezogene trotzig fort, der Rath aber erging sich in einer weitläufigen Rede, er bat, er beschwor den Alten, ein ungerathenes Kind, welches vielleicht noch in sich gehen könne, nicht so gar hart zu strafen, wodurch der Arme nachher nur um so mehr durch Mangel aller Versuchung ausgesetzt sei. Der redselige Mann ließ nicht nach, bis der Baron ihm versprach, es sich noch besser zu überlegen, bevor er zur Enterbung schritte. So nahm der Rath vergnügt von dem Vater Abschied, daß seine Redekunst so viel vermocht hätte. Auf der Straße sagte der Baron: das sind doch alles dumme Menschen! Die Enterbung wird sich ganz von selbst machen, denn wo nichts ist, hat selbst der Kaiser, wie vielmehr ein ungezogener Bengel, sein Recht verloren. Die Kunst wäre, ihm etwas zu vermachen. Dazu gehörte Ueberredung.

Edmund ging tiefsinnig und mit quälenden Gefühlen in seine Wohnung. Sohn und Vater, Elisabeth und Oberkammerherr, Ernst und Spaß, das Niedrige und Hohe, Alles verwirrte sich auf widrige Art in seinen wilden Träumen.

*

Edmund war nach einer unruhigen Nacht früh munter gewesen. Er ging, so bald es schicklich war, nach dem Hause des Probstes, um sich nach jenem Familienvermächtnisse seines Vorfahren zu erkundigen. Der Probst war abwesend und sollte erst, wie die Dienerschaft aussagte, am folgenden Abend von seiner Geschäftsreise zurückkehren. Ein alter Priester bestätigte ihm Das, was er gestern Abend erfahren hatte, konnte ihm aber die Kammer und den Schrein eben so wenig eröffnen, weil der Probst zu Beiden den Schlüssel in Verwahrung habe.

Ungemuth und von vielfachen Gedanken bestürmt, ging Edmund in sein Zimmer zurück. Er schloß sich ein, um ungestört und mit Sicherheit die Papiere lesen zu können, welche ihm der Graf jüngst anvertraut hatte.

Als er das Packet eröffnete, sah er, daß die Schriften von unterschiedlichen Händen waren. Die Blätter waren alle fast vierzig Jahre alt, und wie erstaunte der junge Mann, als er in den Briefen des Grafen die ungestümste, fast wahnsinnige Leidenschaft einer Liebe geschildert fand, die in ihrem wilden Kampf alle Vorurtheile durchbrechen und alle Verhältnisse zernichten wollte. Die Geliebte, deren Briefe eine milde und edle Gesinnung aussprachen, war nur eine Bürgerliche, die Tochter von Handwerkern, sie kämpfte gegen die Opfer und wollte sie nicht annehmen, die der Graf, um seinen Verwandten und Vorgesetzten, der Familie und seinem Vater zu trotzen, ihr bittend, beschwörend und drohend anbot. Alles stellte jene Zeit und Gesinnung dar, die sich damals durch Rousseau's Heloise, noch mehr aber durch Werther und dessen Nachahmungen in Deutschland verbreitet hatte. Der damals junge Graf und sein Freund, der Baron, gehörten zu den Enthusiasten, welche von jenen neuen Dichterwerken waren entzündet worden. War der Druck von manchen Verhältnissen, die Beschränkung der Gesinnung und der Schmerz ängstlicher und kleinlicher Vorurtheile auch schon längst gefühlt worden, so waren doch jetzt erst die Worte ausgesprochen worden, die wie Zauberformeln alle jene Ketten und Riegel zu lösen schienen. Viele junge Gemüther glaubten damals, daß ein kräftiger Wille allein hinreichend sei, um alles Das zu vernichten, was gegen den gesunden Menschenverstand anzurennen und die Blüthen und Früchte des Lebens zu vergiften schien.

Je weiter Edmund las, je mehr ward er gerührt. Er konnte sich einer Begeisterung für diesen Jüngling, der so die Qual und Seligkeit der Liebe erlebt hatte, nicht erwehren. Wie ein Gespenst rückte ihm das Leben alsdann näher, wenn er sich erinnerte, daß dieser Liebende derselbe förmliche Greis sei, der ihm seinen Abschied gegeben, dessen Haus er nächstens verlassen müsse. In der weiblichen Handschrift schienen ihm schon sonst gesehene Züge entgegen zu leuchten, doch konnte er sich nicht erinnern, wo ihm diese Buchstaben schon vorgekommen seyn sollten. Erhoben ihn die Briefe des Liebenden zu Entschluß und edlem Zorn, so erregten die Antworten der Jungfrau eine erhabene Wehmuth in seiner Seele. Die Briefe des Barons waren dagegen von einem edlen, höchst anmuthigen Leichtsinn gefärbt, er nahm alle Verhältnisse des Lebens mehr von der poetischen und humoristischen Seite. Er war der Vertraute der Liebenden und wollte das Mädchen ebenfalls bereden, sich entführen zu lassen.

»Du willst also«, schrieb der junge Graf, «nichts von mir, nichts von meinen Vorschlägen wissen? Kenne ich Dein Herz noch, Jakoba, seh' ich noch Deine treuglänzenden Augen? Du zertrittst mein Herz und wähnst Deine Pflicht zu erfüllen; Du vernichtest das Leben und die Liebe und gehst an einem schimmernden Traum verloren. Sind denn alle diese Pflichten, Herkommen, Gesetze und Einrichtungen, wenn sie unser nächstes, ja unser einziges Glück zerstören, etwas anders als leere Wortgebilde, den Wolken ähnlich, die ein frischer Wind über die Ebene dahinweht, und die, wie sehr sie in Figur wechseln und wandeln, wie dräuende Gestalten sie auch annehmen, doch nur wesenlos sind? Alles, was auf Erden groß und mächtig ist, was das Gemüth mit Staunen erfüllt, was das Nichtige und Niedrige der armen Natur aufwiegt, ist aus der Liebe und Begeisterung hervorgegangen. Traurig genug, daß Schicksal und Krankheit, Tod und Mißverständniß nur zu oft den Götterfunken der Liebe verlöschen und nicht zur alles belebenden Flamme erwachen lassen. Soll unser Eigensinn noch schlimmer wirken und Das morden, was im klarsten Erkennen die Seele unserer Seele ist? Nein, Geliebte, Du wirst meine Worte, meinen Geist, mein Herz vernehmen. Alles, was unserer Verbindung entgegensteht, ist ein Nichts, ein Tod, oder soll es ein Wesentliches seyn, so kann es nur Deine Untreue heißen, die vom ersten Begegnen unserer Geister in Dir schlief, und nur diesen Vorwand benutzt, um sich gegen die ewige Liebe aufzulehnen. Und wenn es so ist, wenn in Dir keine Wahrheit ist, in Dir, die Du mir der ungefälschte Spiegel aller Treue warst, – wohin hat sich meine Seele dann verirrt? Dann ist Alles Wahnsinn und Raserei in mir, was ich für das Rechte hielt, dann zertrete, vernichte ich auch den Glauben an meine Seele, an Erde, Himmel und Gott. Dann, Du trügerisches Bild, mir herabgesendet, um mich zu verderben, verwundere Dich nicht, wenn Du von meiner Verzweiflung und meinem Tode hörst. Habe ich doch in Deiner herben Verweigerung schon aufgehört zu seyn. Ward mir dies Dasein gegeben, ohne daß mich Wer fragte, ob ich es annehmen wollte, so kann ich es auch von mir werfen, ohne daß Wer ein Recht hat, mich deshalb zur Rechenschaft zu ziehen.« – –

Wunderbar erschütterten diese Blätter den jungen Mann, vorzüglich die Briefe des Mädchens, die so sanft und milde geschrieben waren, die das lauterste Herz und die klarste Einsicht bezeugten. Sie tröstete so freundlich und liebevoll, ihr Zurückziehen, ihr Versagen, Alles, was sie zugab und widerlegte, war so ganz in der Bewegung des schönsten Herzens geschrieben, daß Edmund immerdar mit Thränen an Elisabeth denken und sich fragen mußte, ob ihre Seele in so reiner Schönheit glänze, ob ihr Gemüth auch wohl in dieser Krystallhelle leuchte.

«Nein, mein Geliebter«, schrieb sie nach manchen andern Worten, – »nein, nicht Dein Geist sprach Deine Drohung aus, nur jener lockende Dämon der Unwahrheit, des Trotzes und der Schadenfreude, der auch zu Zeiten die edelsten Seelen verdunkelt, nur dieser konnte Dir jene Worte in den Mund legen. In ihnen leugnest Du die Liebe, an die ich ewig glauben muß, trotz allen Schicksalen und meiner Entsagung zum Trotz. Könntest Du so endigen, ja dann müßte ich mir in der Zerrüttung meines Schmerzes gestehen, daß meine Liebe ein Irrthum gewesen sei, und daß Derjenige, den ich mit voller Seele zu lieben glaubte, nur ein Scheinbild meiner eignen Phantasie gewesen sei. Wie kann ich Dich lieben, wenn ich Dich nicht verehre? Wie ich Dir entgegen kam, war meine Seele noch nicht von dem schönen Kindheitstraum aus ihren Ahndungen erwacht. Ich wußte nicht, was es war, als ich Dich liebte, aber ich fühlte, daß ich zum Leben, zum Empfinden durch den Sonnenschein Deines herzdurchdringenden Blickes gereift wurde. Mich umgab die Geisterwelt mit allen ihren Kräften; das Unsichtbare, was ich bis dahin nie erschaut hatte, enthüllte sich mir in tausend schönen Bildern. Im zweiten Wesen, in Dir, hatte ich mich erst gefunden, und zugleich Himmel und Gott. Dieser Augenblick war die Ewigkeit selbst; die Zeit und alles Zeitliche war zerstört. Ja, mein Geliebter, es giebt ein Leben, das über alle irdischen Bedingungen erhaben ist. Die wahre Liebe führt uns in dieses Elysium ein, in dem wir dann die beseligten Bewohner sind. Aber hüten wir uns, durch die trübenden Leidenschaften diese Seligkeit nicht zu verscherzen. Ich habe es wohl gefühlt, daß das Ueberspringen, der Uebertrotz des Eigenwillens diesen Himmel selbst in Hölle verwandeln könnte. Soll sich denn immerdar das Irdische mit dem Unsterblichen vermählen? Wir haben jetzt die Zeit erlebt, wo man Alles, was dem geraden Sinn zu widersprechen scheint, Vorurtheil nennt. Ist denn Liebe nicht, und der Glaube, welcher eins mit ihr ist, das unbegreiflichste Vorurtheil? Wer Alles stürzen will, wie Ihr Begeisterten denn alle dieses wollt, was nicht mit der Vernünftigkeit aufgeht und von selbst zu begreifen ist, der müßte dann seine Vernichtung mit der Liebe zuerst beginnen. Hätte ich die Welt ins Auge gefaßt, wäre ich in Deiner und meiner Unschuld nicht so unaussprechlich glücklich gewesen, so hätte ich mich wohl früher von Dir zurückziehen sollen. Aber Zeit, Raum, Abstand, die Welt war mir verschwunden, und mir fiel nicht ein, daß Du anders fühlen, andere, ganz irdische Absichten haben könntest. Seitdem Du diese mit Deiner Liebe vermischt hast, bin ich vor Deiner Leidenschaft oft mit Erschrecken zurückgewichen. Ist denn Dein Stand, die Liebe und das Glück Deiner Eltern, das Wohlwollen Deiner Familie, die Zukunft Deiner Kinder, Dein Verhältniß zu Deinem Könige und dem Vaterlande, Dein Verwachsen- und Verbundensein mit den alten großen Familien, ist alles dieses nicht auch ein Edles und Heiliges? Entkleiden wir es von diesem, so kann alles freilich unserm aufgeregten Eigenwillen als Fratze erscheinen. Dann ist aber auch das ganze Leben nichts Besseres, denn alles Große und Schöne ruht auf einem geistigen Fundament, das nur dem Auge der Seele in Liebe und Begeisterung sichtbar werden kann. Versündigen wir uns nicht an uns selbst, daß wir vom Schicksal etwas mit Gewalt erringen wollen, was nicht mehr die Liebe ist. Ich weiß, Du würdest erwachen, und eben, weil Du edel bist, in innerster Seele Dich unglücklich und gelähmt fühlen. Mein Herz würde das Deinige auch in der künstlichsten Verhüllung fühlen und verstehen; um den Andern nicht Unglück argwöhnen zu lassen, würden wir immerdar Einer den Andern und unsere eignen unbedeutenden Worte, ja Gedanken, argwöhnisch bewachen. O, mein Freund, es giebt gewiß tausend Arten von geistigem Unglück, die drückender als Armuth und Elend sind. Bis zur Vernichtung alles Lebens und aller Wahrheit kann diese feinaushöhlende Seelenkrankheit mit ihrem langsamen Gifte verzehrend wüthen. Und – wenn wir uns nun in spätern Jahren so als ausgehöhlte leere Schatten, als fratzenhafte Erinnerungs- und Spottbilder unserer frühen schönen Seelenzustände gegenüber ständen! O Du Geliebter meiner Seele, könnte ohne gewaltsame Zerrüttung Deines Lebens unsere Ehe seyn, so würden wir in unsern Kindern ein neues Glück aufblühen sehen; wir dürften es wagen, uns der Welt und ihren Verhältnissen anzuvertrauen. Wir könnten hoffen, auch die Ehe als ein heiliges Verhältnis zu leben, und als Eltern im Wechsel der Zustände, in Alter und Krankheit immer noch das Unsterbliche zu suchen und zu finden. Aber, wie das Schicksals das wir anbeten und nicht verhöhnen sollen, uns gestellt hat, müssen wir der höchsten Liebe, der Wahrheit und Tugend ein Opfer bringen. Und, mein Albert, ist denn der Schmerz, den es uns kostet, ein Unglück? Er ist ja der reine Schmerz der Liebe. Wo ich bin, was ich erlebe, immer wirst Du mir, auch durch weite Räume von mir getrennt, das Edelste, Höchste und Glückseligste seyn, immer, wenn ich es auch nicht wollte, wird meine Seele in der Peinigen wohnen, und Dein Geist ist vereint mit dem meinigen. Warum wollen wir die Süßigkeit des geheimnißvollen Räthsels durch eine scheinbare Auflösung trüben? Glaubst Du nicht, daß wir tausend Freuden und Erhebungen einbüßen müßten, auch wenn ohne Sturm Dein Wunsch in Erfüllung gehen könnte?« – –

Noch Vieles sagte sie ihm, um seine Heftigkeit zu mildern, die aber mit jedem Briefe sich leidenschaftlicher zeigte. In den härtesten Ausdrücken warf er ihr Lieblosigkeit vor und wollte sie bald durch Drohung und Verzweiflung, bald durch Bitten und Versprechen zu dem Schritte verleiten und zwingen, den seine Leidenschaft für den nothwendigsten hielt. Endlich meldete er ihr, daß er nun etwas thun würde und müsse, was sein Verhältniß zu seinem Stande und dem Könige, zu seinen Eltern und Verwandten auf immer und ohne Rückkehr zerreißen würde, – da war sie plötzlich verschwunden.

Man forschte ihr nach, vorzüglich der Baron, aber keine Spur war zu entdecken. Die wilde Leidenschaft warf den jungen Grafen auf das Krankenbett, auf welchem er ein lebensgefährliches hitziges Fieber überstehen mußte. Nach einem halben Jahre wollte der Baron erforscht haben, daß sie sich irgendwo in einer kleinen Stadt an einen Handwerker oder Krämer verheirathet habe. Da der Graf zur Reise zu schwach war, begab sich der Baron an verschiedene Orte, die man ihm angab, aber nirgend ward er ihrer ansichtig. Jugend und Gesundheit machten ihr Recht auf den Grafen wieder geltend, und er gab nun endlich dem Wunsche seines Vaters nach, sich mit einer Gräfin aus einem alten Hause zu verbinden. –

So hat denn dieser Greis, sagte Edmund zu sich selbst, alle Leidenschaften, welche er jetzt so bitter tadelt, selber erlebt. Was ist unser irdisches Leben? Wie Sonnenschein und Regen, wie Aprilwetter in gebirgiger Landschaft wechseln diese Zustände, diese Empfindungen, weite reiche Aussichten, glänzend blendende Lichter, dann Alles wieder von Finsterniß verdeckt, im Dunkel verschlungen, aufblitzt dann wieder plötzlich ein grünes Thal, eine Gruppe von schönen Bäumen, sieh, da reißt sich die Kuppe des Gebirges aus dem Nebel los, und es glänzt die Felsenkrone. – Und dennoch sind es diese Zustände und unsere Erinnerung an sie, die unser wahrstes Leben sind: Traum im Traum. Nur nicht, was die Altklugen die Wirklichkeit nennen. Daß wir den Schmerz überleben, ist ja nur ein neuer Schmerz. Alles wandelt und Nichts besteht, und im Wandeln ist es nur unser; wir sind nur, weil wir uns immerdar verändern, und können es nicht fassen, wie ein Dasein ohne Wechsel ein Dasein heißen könnte.

Er verlor sich in diesen Vorstellungen, und das Räthsel des Lebens hatte noch nie so wunderbar, als wenn es sich im vielfachen Geheimnisse lösen wollte, so seltsam vor seinen geistigen Blicken gelegen.

*

Sowie nur der alte Probst von seiner Reise zurückgekehrt war, ging Edmund zu ihm, um aus seinem Munde die Bestätigung jenes sonderbaren Vermächtnisses zu vernehmen. Der Greis wiederholte alles das, was der Küster ausgesagt hatte, er führte ihn selbst zu der Stelle, wo das seltsame Document verwahrt lag. So freundlich er dem Jünglinge war, der sich mit seinem Taufschein und andern Beweisen als den Erben jenes Testaments auswies, so wollte der Probst doch jetzt noch nicht die Truhe dem Erben verabfolgen lassen, bis jener Tag, den der Ahnherr anberaumt hatte, erschienen sei.

Als Edmund zurückkehrte, fand er auf seinem Zimmer ein Billet des Grafen, in welchem ihn dieser einlud, ihm, wenn er die Briefe schon gelesen habe, dieselben persönlich wieder einzuhändigen. Er versiegelte die Blätter also wieder sorgfältig und begab sich am andern Morgen mit ihnen zum Oberkammerherrn.

Mein junger Freund, fing dieser an: ich hatte mir fest vorgenommen, Sie nicht wiederzusehen, und dennoch breche ich meinen Vorsatz, weil es mich zu sehr schmerzt, so von Ihnen zu scheiden. Sie haben es nun selbst gelesen, wie ich in meiner Jugend war, was ich erlebte und erlitt, und daß man irrt, wenn man meint, meiner Kälte seien alle Schmerzen unbekannt geblieben. Sie haben nun auch gesehen, mit welchem Edelmuth sich ein weibliches Wesen betrug, wie groß sie ihr Schicksal nahm und mein thörichtes Herz und meine Irrthümer beschämte. Glauben Sie mir, noch jetzt in meinem hohen Alter steht mir diese Jungfrau, wie eine wahrhaft göttliche Erscheinung vor den Augen meiner Seele; ich sehe sie immer noch in ihrer Schönheit, – und was habe ich ihr und ihrer großmüthigen Aufopferung zu danken. Zwar bin ich nicht so glücklich geworden, wie es mir meine damals berauschten Träume vormalten, zwar habe ich nicht jene Seligkeit gefunden, die unter Millionen vielleicht nur Einem zu Theil wird: aber ich konnte ein dankbarer Sohn bleiben, ein Freund meiner Geschwister und Verwandten, ein Staatsbürger und Freund meines Vaterlandes. Sie hat dieses edle Opfer gewiß unter tausend Schmerzen gebracht, denn sie liebte mich innigst. Der Baron, mein Jugendfreund, folgte unbedingt einer scheinbaren Begeisterung für das Höchste (wie wir damals unsere Irrthümer nannten), und sein ganzes Leben ist zersplittert und in Wahn und falsche Genialität aufgegangen. Eine Unwürdige, von niedrigem Stande, täuschte ihn, und als er ihre gemeinen Gesinnungen entdeckte, nahm er, so zerstört er im Innern war, die Maske des Freigeistes vor, der das in Gesellschaften laut belachte, was er nicht mehr ignoriren konnte. Sie starb, auch eine Tochter, nachdem sie sein Vermögen zerrüttet und ihn von jeder guten Gesellschaft zurückgezogen hatte. An dem übriggebliebenen Sohne soll er auch keine Freude erleben.

Edmund händigte dem Alten die Papiere wieder ein, indem er ihm mit Herzlichkeit für das schöne Vertrauen dankte, das er ihm durch die Mittheilung derselben bewiesen hatte. Freilich, sagte er dann, muß ich es lernen, im Sinne dieses herrlichen weiblichen Wesens zu handeln, und in diesem Spiegel sehe ich nur meine eigne Mißgestalt, die auch nicht von fern dieser schönen Seele ähnlich ist. Doch Ihr Vertrauen macht mich so dreist, Ihnen eine Bitte vorzutragen, deren Gewährung meine Entsagung, das fühle ich, mir unendlich erleichtern wird. Lassen Sie mich, verehrter Mann, noch in Ihren Diensten bleiben, verschließen Sie mir den Zutritt zu Ihrer Familie und der theuern Gräfin Tochter nicht; ich kann ihr meine Ansicht, mein Gefühl, meinen Entschluß freundlich mittheilen; wenn ich ihr auch von jenem edlen Wesen nicht sprechen darf, so wird sie, von mir überredet und geleitet, ebenfalls sich zur Entsagung Dessen, was sie ihr Glück nennt, entschließen können.

Nein, erwiederte der Graf mit einiger Lebhaftigkeit, meine Ueberzeugung ist, daß Trennung das beste, ja einzige Heilmittel ist. Wenn Sie auch den redlichsten Willen hätten, so würde in diesem Scheidungsprozeß sich doch nur Ihre Leidenschaft von Neuem stärken. Und dabei übersehen Sie die Hauptsache. Dieselbe Großmuth, welche meine Geliebte damals begeisterte, mir zu entsagen, kann meine Tochter aufreizen, Ihnen treu zu bleiben, oder Sie selbst zu einem verzweifelten Schritte zu bereden. Jene sollte sich erheben und stieg begeistert herab, Diese wird ihre Aufopferung leicht, von der Leidenschaft angetrieben, in der Erniedrigung suchen. Sie verzeihen mir das Wort, welches die Sache richtig bezeichnet. Mich freut aber, daß Sie selbst schon so viel heiterer und sicherer sind; die Genesung und nahe Gesundheit leuchtet aus allen Ihren Mienen. Die Krise Ihrer Krankheit haben Sie offenbar schon überstanden.

O mein theurer Gönner, sagte Edmund, mein Kopf ist so angefüllt von wunderlichen Erwartungen, mein Leben wendet sich so in das

Seltsame und Mährchenhafte, daß in meinem Glück und Unglück, in dieser Aufspannung, in welcher mir alle Gedanken entgehen, es aller Kräfte und Anstrengung bedarf, um nicht ganz wie ein Zerstreuter und Wahnsinniger umherzuwandeln. Es liegen solche Erwartungen, Entdeckungen vor mir, ganz nahe vor mir, daß vielleicht in wenigen Tagen ein anderes Schicksal, fremde Bestimmungen meine Thätigkeit und mein Dasein in Anspruch nehmen.

Der Graf sah hoch auf, schlug den Schirm der Lampe zurück, um den jungen Mann genauer zu betrachten, und bat dann, ihm, da Edmunds geheimnißvolle Andeutungen seine ganze Neugier rege gemacht hatten. Alles mitzutheilen, was ihn so sonderbar in Bewegung setzte. Edmund trug ihm den Fall umständlich vor, und der Greis hörte ihm mit der größten Aufmerksamkeit zu. Als Edmund seine Erzählung geendigt hatte, stand der Graf auf und ging tiefsinnend im Zimmer auf ab. Endlich stand er still, sah dem verwunderten jungen Manne mit hochglänzendem Blicke scharf in die Augen und sagte mit bebender Stimme: Glauben Sie mir, junger Herr, das ist etwas Großes, Mächtiges! Ihr Ahnherr hat einen Blick in die Zukunft gethan, und es ist nicht ohne höhere Zulassung, daß das Vermächtniß gerade an Sie gerichtet wurde, der sich mir und meiner Familie genähert hat. Wird das Alterthum so oft geschmäht und werden seine ehrwürdigen Institutionen eingerissen, so ist es gut, daß das Große, Vergessene auch einmal wieder ans dem verdunkelnden Staube an das helle Licht des Tages gezogen werde. Um 1510 und schon dreißig Jahre früher war in unserem Lande eine große Periode der Entwickelung, eine gefährliche geschichtliche Krise. Die größten und ältesten Geschlechter hatten sich gegen die angestammten Fürsten erhoben, ihr Bund war mächtig; aber, so sehr auswärtige Regenten aus Eigennutz und Politik auch diese Zwietracht unterhalten und angefeuert hatten, so siegten endlich doch die Fürsten, und die Gefährlichsten des Adels mußten es sich gefallen lassen, als Rebellen behandelt zu werden. Hinrichtungen, Gefängniß, Aechtung und Verbannung traf und schmähte manche große und tapfere Häupter. Manche Namen sind seitdem verschwunden. Selbst ein Name ist verloren, der mit seinem Blute unserem Regenten verwandt war. So wenden sich die Zeiten nun wohl um, und ein Edelstein, der so lange vermißt wurde, steigt ans den Trümmern wieder herauf, um neu zu glänzen. Offenbar ist Ihr Name Frimann ein angenommener; unbezweifelt, daß in jenen unruhigen Tagen der Verfolgung ein hoher Mann sich rettete, verbarg und mit großem Sinn auf die Zukunft dachte, daß sein Urenkel die erloschenen Rechte wieder lebendig mache. Ist es so, und so wird es seyn, so biete ich Ihnen, junger Sprosse des Heldengeschlechts, alle meine Hülfe, um Ihre Ansprüche bei König und Vaterland geltend zu machen; dann auch sollen keine Schwierigkeiten Ihrem und meiner Tochter Glück mehr entgegentreten. Aber – (doch warum dergleichen zu früh annehmen) wenn Sie vielleicht, wie es nicht unmöglich ist – doch darüber läßt sich nachher sprechen – sollten Sie in der That vielleicht nachher zur Familie unseres gnädigen Königs, auch entfernt, gehören – wie gesagt, ich halte Sie für einen redlichen Mann und habe Sie immer so behandelt, – doch ich bemerke, junger Herr, ich bin wie berauscht, mehr als Sie selber, – und muß mich sammeln.

Gnädiger Herr! rief Edmund tiefbewegt aus, – was auch das Schicksal über mich beschließen mag, wie auch jene Entdeckung ausfallen kann, – ich halte mich jedenfalls für gebunden, und mein größtes Glück wird dann seyn, zu zeigen, wie rechtlich, wie edel ich denke, und daß ich es verdient hätte, gleich als solcher aufzutreten, der Ihrer Familie nicht unwürdig war.

Durch diese Worte war plötzlich der Graf wieder verwandelt. Er blickte noch einmal auf und setzte sich dann langsam nieder. So weit sind wir noch nicht, sagte er dann, und überhaupt: sprechen wir nicht fast wie im Traum? Ich bitte, kommen wir zur Wahrheit zurück, und falls Sie noch in der Stadt bleiben, bis sich jenes Räthsel enthüllt, würden Sie doch besser thun, sich eine andere Wohnung zu suchen. Wäre es mir vergönnt, das Antlitz jenes weiblichen Wesens, das meine Jugend erhellte, noch einmal zu sehen, noch einmal den Ton ihrer Stimme zu hören, so wäre ich unaussprechlich glücklich; es wäre mir das Abendroth einer untergehenden Sonne. – Wie die Erfüllung des wunderbarsten Mährchens die Auflösung des Räthsels meines Lebens. –

Indem kam, was unerhört war, der Kammerdiener, ohne gerufen zu seyn, in das Zimmer. Bleich, verstört, zitternd, wie es schien, trat er an das Ohr des erstaunten Oberkammerherrn und flüsterte ihm einige Worte zu. – Der Graf fuhr zurück und lehnte sich dann in den Sessel bleich und mit geschlossenen Augen zurück. Gewiß? rief er. Joseph, der Kammerdiener, bejahte nur mit einer stummen Neigung des Kopfes. Die ausgestreckte Hand des Grafen bedeutete den Diener, sich zu entfernen, welcher diesen stillschweigenden Befehl schleunigst befolgte. Der Graf stand auf, mühsam, angestrengt, zitternd. Er ging an das Fenster, kehrte dann zurück und faßte die Hand Edmunds. Der junge Mann erschrak, denn die Hand des Greises war todtenkalt, wie die einer Leiche. Mein junger, lieber Freund, stammelte der Alte, ich habe Sie ersucht, bald dies Haus zu verlassen, jetzt aber, bei näherer Erwägung, verlange ich Ihr Ehrenwort von Ihnen, daß Sie bei mir bleiben, bis auf weiteres, bis ich Sie wiederum entlasse. Meine Tochter habe ich gestern schon zu meiner Schwester hingesendet. Es mag sich Alles enthüllen, wie es mag und kann, ich werde immer Ihr Freund bleiben; nur müssen Sie noch einige Zeit bei mir bleiben, weil ich Sie noch in nöthigen Geschäften brauche. – Edmund versprach es und entfernte sich verwundert. –

Als Edmund noch nachdenkend auf seinem Zimmer saß, hörte er draußen auf dem Gange leise schleichen und dann schüchtern anklopfen. Er öffnete selbst die Thür und erstaunte, als er mit Aengstlichkeit den alten Jäger eintreten sah. Dieser hatte immer eine große Vorliebe für den jungen Mann gezeigt, und da er viel beim Oberkammerherrn galt, so spielte er im Hause gegen die übrigen Bedienten fast die Rolle eines Haushofmeisters.

Als der alte Mann die Thüre wieder vorsichtig und leise zugemacht hatte, damit sie kein Geräusch machen sollte, so winkte er Edmund, der ihm in den fernsten Winkel des großen Zimmers folgte, und sagte flüsternd: Haben Sie Nichts gehört? Nichts vernommen? Ist Ihnen Nichts aufgefallen, als Sie vom alten Herrn zurückkamen?

Es war, antwortete Edmund, ein ängstliches Hin- und Herlaufen, die Domestiken waren Alle verwirrt, ich fragte, aber Keiner stand mir Rede, die Gräfin Katharine lief über den Corridor und that, als wenn sie mich nicht sähe; käme ich nicht selbst aus dem Zimmer des Oberkammerherrn, so würde ich glauben, er sei gestorben oder gefährlich krank.

Er kann es auch noch werden, sagte der Jäger mit Bedeutung; denn mit einem Worte: die jüngste Comtesse ist verschwunden. Niemand weiß, wohin; ob sie schon gestern, ob sie in der Nacht, oder erst heute früh heimlich abgereist ist, weiß Niemand. Es soll vor der Dienerschaft verschwiegen werden, aber, lieber Himmel, wie es geht. Alle wissen es schon. Der alte Herr hat nun in seiner Herzensangst aussprengen lassen, daß er sie selber zu seiner Gräfin Schwester auf das Land hingeschickt habe, aber kein Mensch will es glauben; denn warum sollte es denn so heimlich geschehen? Und gerade in diesem kalten, häßlichen Wetter? Der Portier weiß auch von Nichts; er sagt, zwischen drei und vier heute Morgen sei ein Weibsbild aus dem Hause gegangen, der er aufgemacht habe. Er hatte sie für die Maria Anna gehalten, die zur kranken Schwester in der Barfüßergasse gehen wolle, um die Sterbende zu pflegen; ein zweites Frauenzimmer, die ihm des Kochs Frau geschienen, ist mit- gegangen und wollte um sieben wiederkommen. Die beiden Perso- nen sind jedoch im Hause, aber das junge Fräulein Wilhelmine wird auch vermißt. – Nur, ums Himmels willen, verrathen Sie mich nicht, Herr Secretair, daß ich Ihnen das Alles erzählt habe. Ich konnte es nicht lassen, weil ich weiß, daß Sie ein treuer Freund des Hauses sind, und die Comtesse Elisabeth immer große Stücke auf Sie gehal- ten hat.

Der Alte, der ein Geräusch draußen hörte, erschrak und entfernte sich dann wieder mit derselben Vorsicht, nachdem Edmund erst auf den Gang hinausgesehen hatte, ob ihn auch Niemand betreffen könne. Edmund fühlte sich durch diese Nachricht in einen Zustand der Verzweiflung versetzt. Jetzt mußte er wieder Alles, was jener Unwürdige von seiner Geliebten ausgesagt hatte, für Wahrheit erkennen. Er zweifelte nicht mehr, daß sie von diesem Frechen sich wirklich habe entführen lassen. Jetzt gereute es ihn, daß er das Haus des Grafen nicht schon längst verlassen habe; er war ergrimmt, daß er dem Vater sein Wort verpfändet hatte, zu bleiben und sich nicht zu entfernen.

Er sah in den Sturm des Wetters hinaus und entsetzte sich, wenn er die zarte Gestalt sich im Freien dachte, wo sie vielleicht hülflos umherirrte oder in ihrem Begleiter bald einen Elenden erkennen und verachten müsse. Im Mantel verließ er eiligst das Haus, um den Baron aufzusuchen. Dieser war über seinen frühen Besuch erstaunt, noch mehr aber über die Ungeduld und Hast, mit welcher er sich nach der Wohnung des jungen Wendelbein erkundigte. – Was haben Sie mit ihm? sagte der neugierige Alte; ist denn etwas vorgefallen? Sie wollen ihn doch wohl nicht gar herausfordern, weil er Ihr Nebenbuhler ist?

Nein! nein! rief Edmund ungeduldig; ich habe sonst ein Geschäft mit ihm abzumachen; nennen Sie mir nur Straße und Haus.

Der Jüngling, antwortete der Baron, liebt es, mit dem Logis oft zu wechseln, auch hat er manchmal zwei, selbst drei Wohnungen, theils um sich der Zudringlichkeit der Gläubiger zu entziehen, theils auch, um seine Liebschaften, deren er viele hat, ungestört abzuwarten. Seine Wohnung für die Tugend ist in der Stadt, und die für das Laster dahinten, in der einsamen Vorstadt. Diese wird aber in der Regel verschwiegen und kaum den Vertrautesten offenbart; wenn Sie einen Ducaten daran wenden, erfahren Sie sie wohl von der geldgierigen Aufwärterin.

Edmund hatte sich das Haus in der Stadt genau bezeichnen lassen und ging eilig fort, um nur dem neugierig forschenden und schwatzenden Baron aus den Augen zu kommen. Die Wohnung war leer, und der Wirth, ein überkluger Schneider, sagte: Ob und in wiefern der Herr Wendelbein von mir ausgezogen ist, weiß ich nicht zu sagen; so viel ist gewiß, daß er vorgestern in der Nacht mit übereilter Hast alle seine wenigen Mobilien heimlich an einige Trödler verkauft hat. Mir ist er noch bedeutend schuldig, er hat mir aber ein schön geschriebenes eigenhändiges Billet zurückgelassen, wie er denn im Schreiben, was die Hand betrifft, ein Meister ist, in welchem er mir meldet, daß er nur auf einige Tage auf seine Güter draußen da, auf dem Lande gehe, um sich mit seinen Pächtern und Verwaltern zu arrangiren. Ich soll ihm unterdessen seine Zimmer nicht vermiethen, so wenig, daß er sogar die andern der Etage noch begehrt, weil er im Sinne habe, mit einer Gemahlin und vielen Domestiken zurückzukehren. Wie Vieles oder wie Weniges nun an diesen Aussagen wahr oder falsch sei, bin ich nicht im Stand zu beurtheilen, weil der liebe junge Herr ein außerordentliches Talent im Erfinden besitzt, und zwar so sehr, daß er zuweilen wohl schon in acht Tagen Dasjenige völlig wieder vergessen, was er mir mit hohen Eiden vorgetragen hatte.

Wie ungeduldig Edmund war, mußte er diese und ähnliche Erörterungen anhören, ehe er sich von dem Redseligen losmachen konnte. Von einer Wohnung in der Vorstadt schien der Schneidermeister nichts zu wissen. Im Vorsaal bestürmte Edmund die listige Magd, ihm dieses Logis zu verrathen. Sie weigerte sich anfangs hartnäckig, doch konnte sie endlich der dringenden Bitte und dem Goldstücke nicht widerstehen. Bei einem alten Töpfer war jenes verheimlichte Logis des verdächtigen Menschen, und als hier nun der alte Wirth sah, daß sein Verleugnen nichts fruchtete, führte er den Nachforschenden selbst in die leeren Zimmer und sagte: Hier, Verehrter, hauset manchmal jener arme Verfolgte, den die Menschen verkennen und der noch einmal eine große Rolle spielen wird. Daß er sich oft vor seinen Gläubigern hieher gerettet hat, die ihn dann nicht finden konnten, ist nur Nebensache. Er hat Geld und besitzt große Summen, sobald er nur will. Daß er zuweilen, und sogar oftmals, hier seine Liebschaften hegte, und sich mit Frauenzimmern von allen Ständen hier traf, ist auch nicht zu leugnen. Der junge Mann ist der Liebe fähig, auch verführen ihn seine Leidenschaften zu weit. Aber, die Hauptsache seiner Verborgenheit hier weiß nur ich. Sehen Sie, Bester, hier war sein Archiv, alle Correspondenz mit hiesigen und fremden Ministern und Gesandten. Er ist, verstehen Sie, einer von Denen, die da wirken, ohne daß er sichtlich und augenscheinlich an einer hohen Stelle steht. Er hebt und stürzt, er lenkt und maschinirt, ohne daß sich Tausende träumen lassen, aus welchem Winkel diese Politik und Tendenz herkommt. Zu großen Zwecken läßt er sich nur gebrauchen und ist jetzt auf einer geheimen Mission begriffen, weit, weit in die Länder hinaus, über die See und so weiter, und es handelt sich um nichts Geringeres, als ganz Europa einen andern Zuschnitt zu geben. Dann kommt er zurück und tritt aus seinem Incognito hervor, und bezahlt mir Alles bei Heller und Pfennig, und hilft mir eine große Fabrik einrichten, in welcher wir dann lauter neumodiges Töpfergeschirr erfinden werden.

Unbemerkt war ein alter Jude hereingetreten und hatte das Letzte mit angehört. Er begleitete Edmund, als dieser sich wieder entfernte. Auf der einsamen Straße stellte er sich dicht vor dem jungen Mann hin und sagte: Liegt dem Herrn viel daran, von dem Wendelbein das Sichere zu erfahren? – Gewiß, sagte Edmund.– So steht, fuhr Jener fort, hier der Mann vor Ihnen, der Ihnen den besten Bescheid geben kann, wo Sie den sonderbaren Jüngling finden werden. – Nun, sagte Edmund heftig, wo ist er? Er ist also in der Stadt? Nennt mir den Ort!

Umsonst nicht, umsonst nicht, schmunzelte der Alte und verneigte sich tief: Euer Gnaden ist, wie ich sehe, an der Sache gelegen, und ich bin ein armer Mann, ein sehr armer Israelit, der um Vieles gekommen ist; auch durch jenen Baron Wendelbein, der mir noch große Summen schuldig bleibt. Alles, was der gute Töpfer gefabelt hat, ist nur Muthmaßung und Windbeutelei, denn er kennt die wahren Umstände nicht.

Könntet Ihr mir, sagte Edmund, gewisse Nachricht geben, wo der Wendelbein sich aufhält wäre es wahr, daß er sich noch in der Stadt befindet, so wollte ich Euch gern diesen Ducaten für Eure Entdeckung geben.

Versterben will ich, sagte der Jude, hier auf der Stelle, und niemals wieder in mein Haus kommen und meine Kinder sehen, wenn nicht Alles, Alles wahr ist, was ich entdecken kann. Gehen Sie nur hin, gnädigster Herr, Sie treffen ihn, bei meiner Seele, er kann Ihnen nicht entgehen, und ich würde Sie selber begleiten, wenn es für mich alten Mann von hier nicht zu weit wäre, und wenn ich nicht darüber ein Geschäftchen versäumen thäte, bei dem ich viel verlieren würde. –

Edmund gab ihm einen Ducaten, und der Israelit sprach nun, indem er neben ihm ging: Ich vertraue Ihnen, Herr Graf, mein gnädigster Herr, ein Geheimniß, ein gar großes Geheimniß; meine Leute werden es mir vielleicht sehr übel deuten, daß ich es Ihnen verschwatze. Der junge Mann Wendelbein, sehen Sie, hat keinen recht guten, ausbündigen Lebenswandel geführt. Er machte viel Schulden und thät niemals bezahlen. Das können nun die wenigsten Menschen vertragen, denn es ist gegen die Natur. Und was soll der Jude anfangen, wenn er seine ausgelehnten Gelder nicht wieder erhält? Sie sind sein Acker und Pflug, ganz anders noch als beim Christen, der vielerlei anfangen kann. So ist mir und andern Israeliten der junge Mann vielfach verschuldet gewesen, seit lange, und hat vertröstet und vertröstet, und ist niemals eingetroffen, wenn er von Wiederzahlen prophezeite. Nun hätten wir Alle schon längst mehr Lamento gemacht und laute Klage geführt, wenn das junge

wilde Herrchen nicht so gar ein liebes Kindchen wäre. In seinem
Herzchen ist viel Gutes und wahre Liebe. Besonders hat er einen
guten, ächten Glauben. Ach! es ist nicht zu sagen, wie er unsere
heiligen Bücher ehrt, wie bewandert er in den Propheten und den
Schriften Mosis ist. Ich habe ihm auch den Talmud leihen und Vieles erklären müssen. So ist denn nach manchen Studien sein inwen-
diger Mensch aufgegangen, und er hat seine alten Irrthümer einge-
sehen. Immer inniger hat er sich uns angeschlossen und mir, auch
dem reichen Zacharias, dem Levi auf der großen Straße und noch
zwei Andern, mit denen er am meisten Geschäfte gemacht hatte, hat
er sich entdeckt, daß er zu unserem Glauben, als der ächten Religion, hinübertreten möchte. Wir haben natürlich unserem Gott ge-
dankt, der ihm das Licht seiner verdunkelten Augen gesendet hat,
daß wir Verstoßenen, Verkannten aus den Christen heraus einen
neuen Bruder erhalten sollen. Die Gemeine, so hoffe ich, wird mir,
als dem Aermsten, meine Auslagen ersetzen. Er wird jetzt, der
Neubekehrte, in der Synagoge seyn; gewiß ist die Ceremonie schon
an ihm geschehen, und er kann nun natürlicherweise nicht ausgehen.

Der Ducaten schien gut angelegt, und Edmund, um sich ganz zu
überzeugen und sein Herz noch mehr zu erleichtern, ließ sich be-
schreiben, wo er diese Synagoge finden könne. Sie war in der ent-
gegengesetzten Vorstadt. Er ging hinaus und seine Eile, so wie sein
eifriges Nachforschen brachte ihn bald zu dem unansehnlichen
Gebäude. Es war verschlossen, er ließ sich zu dem Vorsteher der
Schule führen. Die Menschen waren verwundert, warum der junge
Mann mit diesem Ernst und der leidenschaftlichen Hast nach der
Synagoge forschte, weshalb er den Rabbi durchaus sprechen wolle,
und was ihn antreiben könne, so öffentlich und dringend mit der
Judenschaft Geschäfte zu machen. Ein Juden-Mädchen führte ihn in
das stille kleine Zimmer des bejahrten Lehrers. Dieser verwunderte
sich über den Besuch und erstaunte noch mehr, als Edmund ihm
erzählte, aus welcher Ursache er zu ihm gekommen sei. Es half
nichts, daß er versicherte, er kenne diesen jungen Wendelbein nicht,
wisse nichts davon, daß ein solcher sich bekehren wolle, durchaus
unwahr aber sei, daß es schon geschehen, denn er habe diesen Menschen niemals mit Augen gesehen; denn Edmund glaubte, der Jude
wolle ihn nur verleugnen, um sich keine Verantwortung zuzuzie-

hen. Edmund erklärte und schwur, daß er von dieser Entdeckung durchaus keinen Gebrauch machen wolle, es sei nur ein Privatinteresse, was ihn zu diesen Nachforschungen antreibe, er sei auch weit entfernt, der Judenschaft dieses neue Mitglied zu mißgönnen oder es dem Christenthum wieder zuführen zu wollen; es komme ihm nur darauf an, sich zu überzeugen, daß dieser Abtrünnige noch in der Stadt sei, damit wolle er sich beruhigen.

Als der Alte endlich aus Edmunds Beschreibung erkannte, wer ihn hieher geschickt habe, so sagte er: Nun wundert's mich nicht mehr, warum Sie zu mir gekommen sind. Sie sind da auf den einfältigsten und leichtgläubigsten unserer Glaubensgenossen gestoßen. Ich begreife, daß dieser und vielleicht noch einige thörichte Juden sich haben bewegen lassen, dem ausschweifenden jungen Manne Gelder zu leihen, weil er ihnen vorspiegelte, daß er das mosaische Bekenntniß annehmen wollte. Bei mir würde er nicht leicht wagen, mit diesem Vorgeben einzutreten, besonders, wenn er es darauf anlegte, mit solchen Worten zu gewinnen. Wir würden ihn auch ganz gewiß abweisen, wenn er des Geldes wegen unsere Gemeine vermehren wollte, denn wir sind hier der Juden genug, und zu unserem Unglück fehlte uns nur Das noch, daß lüderliches Gesindel, Schuldenmacher, die nicht mehr aus und ein wissen, Taugenichtse und dergleichen, die weder Christen noch Heiden sind, es als ihre letzte Zuflucht ansähen, in unsere Synagoge zu kommen.

Edmund mußte endlich wohl dem eifernden Manne glauben, der zum Schluß die Leichtgläubigkeit des Christen belächelte, der sich von einem einfältigen Juden, der freilich selbst hintergangen war, hatte täuschen lassen.

Beschämt verließ er den Alten und war ziemlich verlegen, als er sich durch einen Haufen gemeinen Volkes drängen mußte, die ihn mit Lachen und Schimpfworten empfingen, weil sie gehört hatten, er wolle sich zum Judenthum bekehren und habe deshalb so angelegentlich den Rabbi aufgesucht. Er war froh, als er sich endlich diesem Pöbel entzogen hatte und wieder in den belebten Theil der Stadt wandeln konnte. Sein Weg führte ihn dem rothen Löwen vorüber, und da er schon so viele Forschungen unternommen hatte, hielt er es nicht für überflüssig, auch hier den lahmen Aufwärter auszufragen. Dieser war aber so unwissend, daß er nicht einmal die

Namen der Mitglieder des aufgeklärten Clubs kannte. Der Herr Graf sitzt oben und arbeitet, sagte er endlich, der kann Ihnen vielleicht Nachricht geben. Als Edmund den finstern öden Saal betrat, fand er bei Büchern und Schreibgeräth und einer Flasche rothen Wein den Grafen emsig beschäftigt. Beide begrüßten sich und der Arbeitende verzog sein rothaufgelaufenes Gesicht zu einem grinsenden Lächeln, indem er sagte: Sie stören mich eigentlich in einer wichtigen Arbeit. Wir sind dabei, in unserer nächsten Sitzung einen neuen Präsidenten zu wählen, und so führe ich jetzt in unserer Chronik die Verdienste unseres letzten Vorstehers, des trefflichen Schuhmachers Knorr aus; zugleich wird Ihr Eintritt und Abentheuer erwähnt und geschildert, und Sie können ermessen, daß dergleichen Talent und Anstrengung erfordert. Ich hoffe, dieses Geschichtswerk soll es wenigstens mit den berühmten aufnehmen dürfen, die wir bis jetzt in Deutschland besitzen. Ueberall finde ich, daß noch zu wenig geschehen ist, um Das in das Licht zu stellen, was dergleichen Gesellschaften, wie die unserige, zum Heil der Welt und Menschheit gethan haben.

Edmund, der in seiner Verstimmung und Eile keinen Sinn für die Rolle hatte, die der Graf sich selber wählte, fragte mit ungestümer Eile, ob der Sekretair der Gesellschaft ihm keine zuverlässige Nachricht von dem ehrenwerthen Mitgliede Wendelbein und dessen Aufenthalte geben könne. – Von seiner Wohnung, erwiederte der Graf, eine zuverlässige nicht, denn diese wechselt so sehr, daß er die Sonne noch übertrifft, die durch den Thierkreis und alle Wirthshauszeichen, Krebs, Jungfrau und Zwillinge läuft. Zuweilen scheint er sogar zu den Troglodyten zu gehören, und an gar keiner Wohnung, von Menschenhänden erbaut, Theil zu haben. Aber, wo er heute Mittag ist, kann ich Ihnen mit der größten Bestimmtheit sagen.

Edmund drang in ihn, der Graf aber sagte behaglich und mit langsamer Stimme: Sie wissen vielleicht nicht, junger Mann, wie sehr sich Wissenschaften und der Geist der Untersuchung in unserem lieben Vaterlande ausbreiten. Die Gesellschaft der Patrioten, oder die Akademie der Inschriften, feiert heute ihren Jahrestag, und da er eines der ausgezeichnetsten Mitglieder und einer der Stifter dieses höchst verdienten Institutes ist, so speist er heute mit den Uebrigen und ist mit ihnen froh und guter Dinge.

Und wo hat sich diese Gesellschaft versammelt? fragte Edmund ungeduldig.

Sie müssen nicht glauben, fuhr der Graf ruhig fort, daß diese ächten gesunden Menschen sich um die Hieroglyphen oder griechische und römische Inscriptionen kümmern, oder gothische und alte fränkische sammeln und erklären; dergleichen wird, wie billig, den Stubensitzern überlassen. Nein, diese Vaterlandsfreunde sind nur auf das allernächste bedacht, um Das zu retten und dem Lande aufzubewahren, was täglich, ja stündlich unterzugehen droht. Sie sammeln alle Wirthshaus- und Bierhausschilde in der Stadt, das heißt, geschickte Künstler zeichnen sie ab und streichen sie mit Farben an; die Bedeutung wird erklärt, geforscht, wie alt sie sind, welche ausgezeichnete Gäste in dem Hotel, in jener Kneipe gewohnt haben, wer in ihnen ist arretirt worden, wer betrunken nach Hause gebracht wurde und dergleichen mehr. Unermüdlich sammeln diese thätigen Männer auch alle Inschriften, wo sich dergleichen noch an den Häusern finden, commentiren sie, merken Schreibfehler an und suchen manche ganz unverständliche zu enträthseln. Wie viel auf dem Wege gerettet wird, wie viel die Geschichte gewinnt –

Aber, um des Himmels Willen, rief Edmund aus, wo ist die Mittagsgesellschaft dieser erlauchten Männer?

Auf einem Dorfe, eine halbe Meile von hier, antwortete der Graf; das unscheinbare Gasthaus heißt zum schmeckenden Wurm. Schmecken ist nehmlich nach der ältern Bedeutung Riechen.

Sowie Edmund nur den Namen des Dorfes erfahren hatte, verließ er in der größten Eile den Grafen, das Haus und die Stadt. Er wollte sich nicht damit aufhalten, einen Wagen zu suchen, so müde er sich auch fühlte, und so unangenehm das Schneegestöber war, welches ihm entgegenwehte. Er bedachte im schnellen Gehen, wie unnütz diese Menschen alle, die vielleicht mit Talenten ausgestattet waren, ihr Leben vergeudeten. Ein ächter Scherz, meinte er, müsse eben auf einem wahren Ernste ruhen, und der flüchtige Geist des Humors sei eben ein Prophet vom tiefsinnigen Räthsel und der Wehmuth des Lebens.

Als er im Dorfe angekommen war, hörte er schon von Ferne den Lärmen und Jubel der Trunkenen erschallen. Als er die Treppe hinaufstieg, wehrte ihm ein Knecht den Eingang, weil die hier Versammelten eine geschlossene Gesellschaft bildeten und keinen Fremden zulassen wollten. Durch freundliche Worte, ein Geldstück und die Versicherung, daß er nur einen Augenblick sich aufhalten wolle, ward ihm endlich die Thür geöffnet. Er entschuldigte sich beim Eintreten, daß er störe, denn er suche nur den Herrn Wendelbein, dem er zwei Worte zu sagen habe. Dieser ist nicht unter uns, sagte ein ältlicher Mann, wie Sie sich auch selber überzeugen können. Edmund musterte die Versammlung und fand die Aussage bestätigt. Wendelbein! rief ein junger roher Mensch: o mein Bester, wenn Sie den ausbündigen Mann, dies ächte Genie suchen, so müssen Sie sich nach der Frohnfeste bemühen, denn dort sitzt er schon seit vorgestern. Einige seiner Gläubiger sind endlich seiner leeren Vertröstungen überdrüssig geworden, und da sie Wind davon haben mochten, daß er sich in diesen Tagen ganz und auf immer aus dem Staube machen wolle, so haben sie ihm ein zuverlässiges Quartier angewiesen. Unsere Gesellschaft hat an diesem Herrlichen viel verloren und würde geistreicher seyn, wenn dieser Treffliche zugegen seyn könnte.

Edmund dankte und verließ mit Entschuldigungen das Haus. Ohne sich Ruhe oder Erquickung zu gönnen, ging er eilenden Schrittes nach der Stadt zurück und begab sich in die finstere, abgelegene Gasse, in welcher die Frohnfeste lag. Als er die Glocke gezogen hatte, ward ihm die traurige Herberge geöffnet. Der Vorsteher nahm ihn freundlich auf, gab ihm aber die Versicherung, daß dieser Wendelbein bis jetzt noch nicht unter seine Aufsicht gestellt sei. Wie gern, sagte der rauhe Mann, hätte ich diesen Candidaten schon seit lange hieher befördert gesehen, denn ich weiß, daß seine Verdienste ihn gehörig qualifiziren.

Da er merkte, daß Edmund ihm nicht ganz vertraute, reichte er ihm das große Buch, welches ein Verzeichniß seiner Pfleglinge enthielt, und da eben die Zeit war, wo sich Alle, des schlimmen Wetters wegen, in einem großen bedeckten Raum versammelten, führte er den Zweifelnden selbst nach dieser Halle, in welcher die Gefangenen sich Bewegung machten. Mit der Ueberzeugung, daß Wendelbein auch in dieser großen Anstalt nicht sei, verließ Edmund das finstere Haus, um endlich in seiner Wohnung von seinen Wanderungen auszuruhen.

Indem er nach dem Marktplatze einbiegen wollte, hörte er in einer Nebengasse Getümmel und Geschrei. Eine Art von Neugier bewog ihn, den Umweg durch diese Straße zu nehmen, und gleich fielen ihm Gassenjungen und Pöbel in die Augen, die wieder ihre Lust an jenem trunkenen Kesselflicker hatten, der dem Ueberraschten schon in zwei seltsamen Begegnungen aufgestoßen war. Der Trunkene lärmte und sang, und wenn ihn die Nachfolgenden fragten, was das Neueste sei, so schrie er laut: das Neueste ist, daß eine Prinzeß davon gelaufen ist! – Eine Prinzeß? riefen die Jungen ihm zurück. – Nicht eine eigentliche Prinzeß, sagte der rohe Trunkenbold, nein, eine Art Excellenz, ein Grafwesen, was man so das vornehme Gelichter nennt. Aber hübsch ist sie, bei meiner Seele!

Edmund war dem Taumelnden näher gekommen. Er suchte ihn aus dem Getümmel zu entfernen und nahm die Gelegenheit wahr, als sie jetzt vor einem Wirthshause standen, den Schreienden in dieses durch gute Worte und halb mit Gewalt hineinzuziehn. Er ließ sich hier ein stilles Zimmer nach dem Hofraum aufschließen, und so trunken der Kesselflicker schon war, forderte er für diesen doch noch einen Schoppen Wein, um ihn nur bei guter Laune zu erhalten, und ihn zum Reden zu bringen.

Woher wißt Ihr, fragte er, als dieser Namensvetter sich etwas beruhigt hatte, daß ein vornehmes Frauenzimmer entflohen ist?

Sapperment! sagte jener, weil ich sie heute in der frühesten Frühstunde selbst gesehen habe. Ich kam da aus der Schenke, zur blühenden Zunderbüchse oder glühenden Donnerbüchse. Da stand der Windelfürst, oder Stelzfuß, oder wie er heißt, mit dem ich im plundrigen Löwen auch mit Ihnen und anderen Alfanzern gewesen war. Ich kannte den Patron gleich wieder. Er war auch nicht blöde und sprach mit mir. So kamen denn zwei Weibsen um die Ecke, eingemummt und wie die Bürgermädchen angezogen; da nannte Stelzbein sie Gräfin, oder Cum- oder Prinzeß, das weiß ich nicht mehr genau, aber er winkte mir so lachend, und neulich war ja auch ein Zank mit Ihnen um die Prinzeß. Nun stiegen sie in einen Wagen, der hundert Schritte davon im Regen hielt, und davon gejagt, was die Pferde nur laufen mochten. Sehen Sie, das habe ich schon heute früh lange vor Tagesanbruch erlebt.

Da nichts weiter aus den verwirrten Reden des Trunkenen zu
entnehmen war, so ging der erschöpfte Edmund mit der Ueberzeugung nach der Wohnung des Grafen, daß sich Elisabeth dennoch
von dem ruchlosen Wendelbein habe entführen lassen.

*

Der Oberkammerherr hatte sich einige Tage in seinem Zimmer verschlossen gehalten. Es hieß, Elisabeth sei zur Tante auf einige Wochen gereist, und im Hause herrschte ein dumpfes Schweigen, eine stille Trauer. Edmund sah die Mitglieder der Familie nur selten, am meisten den General, der ihn oft zu sich bat, um mit ihm Schach zu spielen oder etwas vorzulesen. Indessen war auch der Bräutigam Katharinens aus Italien zurückgekommen, ein feiner Weltmann, der durch ein gewandtes Wesen wieder einige Heiterkeit in dem verstimmten Kreise verbreitete.

So waren Tage verstrichen, als Edmund an einem Morgen früh ein Billet von fremder Hand und ohne Namen erhielt, welches ihn nach einem bekannten Gasthofe beschied. Als er sich dorthin begeben wollte, begegnete ihm der alte Baron auf der Straße, welcher ihm meldete, daß sein Sohn fortgelaufen sei, Niemand könne ihm Nachricht geben, wohin. Ich dachte den jungen Menschen, fuhr er fort, nun endlich zum Mitglied unsers Clubs vorzuschlagen, damit er sich beschäftigen lerne, aber ich sehe wohl, daß er unfähig ist, unter gebildeten Menschen zu leben. Unsern Wendelbein haben wir nun auch verloren. Er soll drüben im Herzogthume Finanzrath geworden seyn, eine Stelle, für welche er auch ganz und gar paßt. Man will behaupten, er habe nunmehr doch wirklich die junge Comtesse entführt. Der fehlt nun auch, dieses belebende geistreiche Prinzip, unserem Zirkel. Ich entbehre ihn aber ganz vorzüglich, denn in der letzten Zeit hat er mir häufiger als sonst seine Gesellschaft gegönnt, und er wäre noch viel interessanter, als er schon ist, wenn er nicht die lästige Idiosynkrasie hätte, immerdar borgen zu wollen. Diese Vorschläge und Anmuthungen mischt er jedem Gespräch ein, der Gegenstand desselben mag betreffen, was er immer wolle. Ich habe aber gesehen, wie sehr er Sie schätzt, mein junger Freund, denn er hat sich neulich alle Billette und Briefe von Ihrer Hand von mir geben lassen, zum Andenken Ihrer. Sie werden nun in Ihrer unglücklichen Leidenschaft natürlich sehr traurig und verstimmt seyn. Dergleichen, wenn man alt wird, sieht man aus einem gar sonderbaren Gesichtspunkte an. Es ist fast mehr komisch als trübselig, und giebt eigentlich dem Humor seine beste Nahrung. Sie werden noch Vieles erleben und nachher über Ihre jetzige Leidenschaft selber lächeln. Der Mensch muß Alles durchmachen und überstehen, und je mehr, je besser, denn seine Reife ist nachher um so edler und gediegener. Ich könnte von meinen Erfahrungen, wenn es sich der Mühe verlohnte, ein großes Buch schreiben. Alles ist eitel!

Edmund war froh, als der Lästige sich endlich von ihm entfernte. Im Gasthofe ließ er sich nach dem Zimmer führen, das der Fremde bewohnte, der ihn zu sich beschieden hatte. Wie erstaunte er, als ihm seine Mutter, die er seit Jahren nicht gesehen hatte, entgegentrat. Nun wahrlich, rief er mit Verwunderung und Rührung aus, indem er vor der hohen Gestalt sich neigte und sie dann umarmte, jeden andern Sterblichen hätte ich eher zu sehen erwartet als Sie! Was bringt Sie uns hieher nach der Stadt? Was vermochte Sie, Ihren ruhigen Wohnsitz zu verlassen?

Die Mutter war sehr erschüttert, als sie den wohlgebildeten Sohn wieder vor sich sah und in Ihren Armen hielt. Ja, mein Kind, rief sie aus, wir sehen uns wieder, und zwar unter sonderbaren Verhältnissen, durch Veranlassungen, die ich niemals ahnden konnte. Weißt Du denn, wer mit mir gekommen ist? Wer sich im nächsten Zimmer befindet? – Niemand anders als die junge Gräfin Seestern, die so unbesonnen die Stadt verließ und jetzt zittert, dem gekränkten Vater wieder vor das Angesicht zu treten.

Edmund sprang auf und wollte die andere Thür eröffnen, doch die Mutter hielt ihn zurück und sagte: Nicht also, mein Sohn, störe sie nicht, sie hat ihr Vergehen und das Thörichte ihrer Leidenschaft erkannt, sie hat den Gedanken an Dich völlig aufgegeben, um sich ganz und herzlich mit ihrem Vater zu versöhnen. Du darfst sie nicht in ihren edlen Vorsätzen stören, wenn Du sie wahrhaft geliebt hast. Sie ist jetzt durch sonderbare Schickung einem großen Unglück entronnen, und wilde Leidenschaftlichkeit darf das Leben dieses schönen Gemüthes nicht noch einmal verwirren.

Aber wie, rief Edmund aus, wie hängt das Alles zusammen? Wie und warum ist sie entflohen? Wie kommen Sie, theure Mutter, in ihre Gesellschaft? Wenn sie mich liebte, wie konnte sie, ohne mein Wissen, diesen Schritt thun und mir diese namenlose Angst bereiten?

So höre denn, fing die Mutter an, wie die Sache sich verhält. Einige Tage vor der Flucht der lieben Elisabeth erhielt sie durch das

Fräulein Wilhelmine diesen langen, leidenschaftlichen Brief von
Dir.

Von mir? rief Edmund aus, ich habe ihr niemals geschrieben. Die
Mutter übergab ihm ein Schreiben, über welches Edmund in Verwunderung gerieth, da seine Hand täuschend nachgeahmt war.
Dieser Brief erzählte in leidenschaftlichen und gutgestellten Ausdrücken, wie unglücklich der Schreiber desselben sei, wie verhaßt
ihm das Dasein würde, da sich keine Aussicht zeige, mit Elisabeth
das wahre Glück des Lebens zu finden. Der Oberkammerherr habe
ihn schnöde und verächtlich behandelt und ihm verboten, die Tochter jemals wiederzusehen, oder nur an sie zu denken. Er habe ihm
angekündigt, daß er sie nächstens mit dem Grafen Bentling, dem
reichsten und häßlichsten Manne der Stadt, vermählen wolle, einem
alten Hagestolze, der nur den Einfluß des Oberkammerherrn be-
nutzen wolle, um seine Reichthümer zu vermehren. Man beschwor
also die Geliebte, sich diesem fürchterlichen Schicksale zu entziehen, welches nur durch die Flucht geschehen könne. Elisabeth solle
sich also unbedingt dem jungen Fräulein, ihrer Wilhelmine, die ja
schon um ihr Geheimniß wisse, anvertrauen. Der intimste Freund
des Schreibenden, ein Herr Wendelbein, werde behülflich seyn, die
Flucht zu bewerkstelligen. Dieser habe im benachbarten Lande
große und einflußreiche Verbindungen, durch diese angesehenen
Männer und Familien sei eine Aussöhnung mit dem Oberkammerherrn leicht zu bewerkstelligen. –

Und auf dieses verruchte Blatt hin, rief Edmund aus, ist die Un-
glückliche wirklich mit diesem Elenden entflohen? Und sie konnte
glauben, daß ich in dieser Art jemals an sie schreiben würde? Auf so
grobe Weise konnte sie sich täuschen lassen?

Dieser Brief, fuhr die Mutter fort, der Dir meine Verachtung zugezogen hätte, wenn er wirklich von Dir herrührte, ängstigte das
arme Mädchen so, daß Schlaf und Ruhe von ihr wich. Wilhelmine
vermehrte durch ihre Erzählungen noch diese Angst und steigerte
sie auf den höchsten Grad, als sie Elisabeth ein neues Blatt überreichte, wieder von Deiner Handschrift, worin Du drohtest, daß,
wenn sie nicht in wenigen Stunden den Entschluß, der für Euch
Beide unerläßlich sei, fassen könne, Du noch in derselben Nacht
durch eine Kugel Deinem lästigen Leben ein Ende machen wollest.

Von einem tyrannischen Vater in ihrer Neigung bedroht, in Gefahr, auf eine ihr schreckliche Art vermählt zu werden, bestürmt von einem Liebenden, den sie in ihrer Phantasie schon sterbend sieht, ohne Rath und Hülfe, ohne einen verständigen Vertrauten, wagt sie endlich und entschließt sich zum Aeußersten, das ihr als das Einzige und Nächste erscheint, da ihre einsame, vornehme Erziehung sie immer von allem Verkehr mit der Welt entfernt gehalten hat. Sie hat nicht nöthig, Wilhelminen zu bereden, denn diese ist es, die sie am meisten antreibt, die ihr die furchtbarsten Schreckbilder vormalt. So geht sie mit dieser verkleidet, nachdem man das Nöthigste vorher aus dem Hause geschafft hat, in dunkler Frühe an den verabredeten Platz. Der Elende, ein gewisser Wendelbein, findet sie dort, er hilft ihnen in den Wagen, und sie verlassen eilig Stadt und Land. Da Du Dich nicht auf der nächsten Station einfindest, fragt und forscht Elisabeth nach Dir, der Entführer weicht aus, giebt Nachrichten vor, empfängt scheinbar Briefe und vertröstet die arme Unbesonnene von einer Meile, von einer Stadt zur andern. Sie ahndet jetzt, welchem Nichtswürdigen sie ihr Schicksal anvertraut hat; das gemeine Wesen des Elenden beschämt sie, und er wagt es endlich, in einsamen Augenblicken, wenn Wilhelmine sie nicht beobachtet, ihr von seiner Leidenschaft und Liebe zu sprechen. Sie sieht zugleich, daß ihre Gefährtin für jenen Verführer entflammt ist, und da Du nirgend erscheinst, wird sie an sich und Dir völlig irre, indem sie ihren Begleiter fast schon durchschaut hat. Sie sind über die Grenze, sie fahren in die kleine Stadt ein, wo ich wohne, die Dein Geburtsort ist.

Ich gehe eben über den Markt, um eine kranke Freundin zu besuchen, da schreien Männerstimmen: Frau Frimann, um Gottes Willen, nehmen Sie sich in Acht! Es war ein Wagen dicht hinter mir, den ich nicht beachtet hatte. Der Kutscher hält an, und ein junges schönes Frauenzimmer ruft laut: Frimann heißen Sie? Sie macht Anstalt, den Wagen zu verlassen, ein Mann hält sie zurück. Helfen Sie mir, meine Herren, ruft sie noch lauter, ich muß diese Frau nothwendig sprechen. – Der junge Mensch ist erschrocken, sie steigt mit Hülfe der Herbeigekommenen aus und fragt mich, ob ich den Frimann dort in der Residenz kenne. Sie fällt mir weinend und schluchzend um den Hals, da sie hört, daß ich Deine Mutter bin. Sogleich folgt Sie mir nach meiner Wohnung, wo sie mir Alles erzählt. Die beiden Andern sind im Gasthofe abgestiegen. Nun entwickelt sich das ganze armselige Gewebe, die gemeine List, deren Opfer das arme schöne Wesen wurde. Ein Abentheurer, der Nichts zu verlieren hat, hört von einem alten, charakterlosen Manne von Deiner Leidenschaft, er schafft sich Briefe und Zettel von Dir, hat im Hause des Grafen schon seit einiger Zeit ein Verständniß mit Wilhelmine, einem unklugen Kinde, die ihm jede Lüge glaubt und die er zu Allem bewegen kann. So schreibt er jene Briefe in Deinem Namen und freut sich, ein Aufsehen zu erregen, ja vielleicht die Neigung der Gräfin für sich selbst zu gewinnen, auf jeden Fall aber Wilhelminen zu entführen und dem alten Grafen eine Kränkung zuzufügen. Als wir uns wiedersahen, mußte er uns Alles bekennen, und er wartet noch in jener kleinen Stadt, um zu erfahren, was hier geschieht. Wilhelmine rechnet darauf, seine Frau zu werden. Er hat geglaubt, durch diese Unternehmung und Frechheit den Grafen in seine Gewalt zu bekommen, daß dieser ihm, wenn alles Andere mißglückt wäre, die Tochter für eine große Summe oder irgend eine einträgliche Stelle abkaufen solle. –

Edmund umarmte wieder seine Mutter und rief: O wie glücklich muß es sich fügen, daß meine Mutter so das edelste Wesen retten, und ihrem Vater wieder zuführen darf! Ja, ich kann ihr entsagen, da ich jetzt weiß, daß sie edel und gut ist. Die Qual war unerträglich, mir Elisabeth schlecht und leichtsinnig zu denken. Jedes Opfer, Liebste, kann ich jetzt bringen, das Dein Glück und Deine Ruhe von mir fordert.

Aber jetzt, sagte die Mutter, gehe zum Grafen und erleichtere das Herz des tiefbekümmerten Vaters.

Edmund eilte zum Hause des Grafen zurück und ließ sich sogleich bei diesem melden. Der Graf ließ ihn lange auf Antwort warten, und die Ungeduld des jungen Mannes ward auf eine schlimme Probe gestellt, da sein Gemüth so bewegt war, dem gekränkten Vater Alles mitzutheilen, ihn zu überzeugen, daß die Schuld der Tochter nicht so groß sei, als sie erscheinen konnte, ihm anzukündigen, daß er alle Ansprüche aufgebe, und daß Elisabeth durch die Vorstellungen seiner Mutter gerührt, ihm ebenfalls entsagt habe. Es kränkte ihn, daß der Alte, der freilich von seinen großmütigen Entschlüssen nichts wissen konnte, so lange anstehe, diese Opfer anzunehmen. Als er endlich gerufen wurde, fand er den Oberkammerherrn völlig angekleidet; noch ehe der Graf fragen konnte, rief Edmund, fast ohne zu grüßen: Ihre jüngste Tochter, Excellenz –

Ist bei meiner Schwester, sagte der Alte; schweigen wir von diesem Kapitel, junger Mann. Was haben Sie mir sonst zu sagen?

Wenn nicht von ihr, sagte Edmund etwas empfindlich, dann Nichts. Aber, es muß mir erlaubt seyn, diese Maske, verehrter Mann, nicht anzuerkennen. Er erzählte ihm hierauf Alles in begeisterter Eile, was er so eben von seiner Mutter vernommen hatte. Das Antlitz des Greises, welches, so sehr er sich bezwang, Spuren des tiefsten Kummers trug, wurde mit jedem Worte heiterer, seine Augen glänzten wieder, und eine sanfte Röthe durchfloß die gebleichten Wangen. Als Edmund geendigt hatte, fragte der Graf mit bewegter Stimme: Und Sie haben sie dort im Gasthofe nicht gesehen? – Nein, antwortete Edmund, ich habe mich ganz dem Willen meiner Mutter unterworfen, und dasselbe hat Fräulein Elisabeth gethan. – Ihre Mutter, sagte der Graf, muß eine vortreffliche Frau seyn. Mein Kind hat wie eine Unbesonnene gehandelt, sich wie eine Thörin schrecken lassen, und in dieser Uebereilung vergessen, was sie einem liebevollen Vater schuldig ist. Sie selber aber sind ein braver junger Mann, dem ich das Unrecht abbitte, was ich ihm bis jetzt im Stillen gethan habe, denn ich glaubte dennoch, daß Sie um diese Flucht gewußt hätten, und deshalb verlangte ich Ihr Versprechen, mein Haus nicht zu verlassen. Nehmen Sie jetzt meine Hand noch einmal darauf, daß, wenn jenes alte Vermächtniß sich so ausweisen sollte, wie wir es Beide hoffen können, wenn Sie auch nicht den größten Familien angehören sollten, wenn Sie nur irgend einen Anspruch auf den Adel haben, Sie mein Eidam werden sollen. Wenn mein Kind auch unbesonnen und in ihrer Leidenschaft leichtsinnig war, so können Sie am wenigsten ihr diese Flucht übel ausdeuten, da es ja nur verblendete Liebe zu Ihnen war, die sie dem väterlichen Hause entführte. Insoweit also nehme ich die beiderseitige Entsagung nicht an, die ich aber, wenn unsere Erwartung nicht erfüllt wird, als ein Zeichen edler Empfindung anerkenne. Die anberaumte Zeit, jenes Document einzulösen, wird, wenn ich nicht irre, in wenigen Tagen eintreten, dann, junger Freund, sprechen wir uns wieder, aber früher nicht.

Er winkte mit der Hand und Edmund entfernte sich, um auf seinem Zimmer seinem Schicksale nachzudenken. Der Oberkammerherr ließ anspannen und fuhr mit seiner Equipage und seinen Dienern vor den Gasthof, in welchem Elisabeth mit Frimanns Mutter abgestiegen war. Elisabeth erschrak, als sie die Livree ihres Hauses erblickte, und die alte Freundin hatte Mühe, sie zu beruhigen. Sowie der Graf in das Zimmer getreten war, fiel ihm die Tochter laut weinend und halb ohnmächtig in die Arme, der Vater küßte sie und sagte scheinbar ohne Rührung: Du bist wieder da, ich habe Dir vergeben, und so wollen wir die Sache nicht erwähnen, da ich schon Alles weiß. Kein Wort mehr davon, auch nicht zu meinen Hausgenossen. Dein Betragen, seit Du im Schutze dieser würdigen Frau standest, macht Dir Ehre, und Deine Entsagung nehme ich an; doch sei es ferne von mir, Dich zu irgend einer Heirath zwingen zu wollen. Daß Du mich so verkennen mochtest, hat mich am meisten gekränkt. – Ihnen, geehrte Frau, fuhr er fort, indem er sich an Frimanns Mutter wendete, bleibe ich für mein ganzes Leben verpflichtet. Folgen Sie mir, daß ich Sie meiner Familie vorstelle; auch habe ich Ihnen einige Zimmer in der Nähe Ihres Sohnes einrichten lassen, damit Sie ihn, bis sich sein Schicksal entschieden hat und er zum Ort seiner künftigen Bestimmung abreisen kann, recht ungestört sprechen und seinen Umgang genießen können.

Er gab der Alten die Hand und führte sie und die Tochter aus dem Zimmer. Vor dem ernsten Blicke des Herrn hatten die Diener, die außen warteten, nicht den Muth, ein Erstaunen zu äußern, daß sie so plötzlich die junge Gräfin wiedersahen. Ehrerbietig halfen sie ihr, der Mutter und dem Grafen in den Wagen, und so wie dieser in seinem Hause angekommen war, ließ er durch den Kammerdiener schnell seine Töchter, den General, so wie den Baron, den Bräutigam Katharinens, auch den Haushofmeister berufen. Als Alle gekommen waren, sagte er mit fester Stimme: In Familienangelegenheiten, die ein großes Geheimniß betrafen, sendete ich meine Tochter Elisabeth eiligst zu meiner Schwester; das Geschäft konnte nur gelingen, indem Niemand in der ersten Zeit von dieser Reise etwas wußte. Meine Tochter hat Alles, wenn es ihr auch Opfer gekostet hat, zu meiner Zufriedenheit geendigt. Madame Frimann, die würdige Mutter meines Secretairs, hat auf mein Ersuchen die Güte gehabt, meine Tochter zurückzubegleiten, da Fräulein Wilhelmine bei ihren Verwandten geblieben ist.

Alle waren zufrieden und gaben sich die Miene, als wenn sie den Worten des Grafen unbedingt glaubten. Die Schwestern umarmten die Zurückgekommene, und der Vater ersuchte die Mutter seines Secretairs, ihm nach seinem Zimmer zu folgen.

Lange war ich nicht so heiter, sagte er, als sie hier angelangt waren: setzen Sie sich zu mir, geehrte Mutter, und erzählen Sie mir noch etwas umständlicher, wie Sie die Bekanntschaft meiner Tochter machten, was sie Ihnen entdeckt hat, wie jener elende Abentheurer sie behandelte und wie Sie Ihren Sohn erzogen haben, wie dessen Vater war und dergleichen mehr, denn Alles interessirt mich, was diesen wackern jungen Mann betrifft. Auch ist es mir noch nie geschehen, daß Jemand mir in so kurzer Zeit so wichtig und bedeutend erschienen ist, als Sie.

Die Alte trug dem Grafen Alles umständlich vor, was er zu wissen begehrte. Als sie geendigt hatte, fragte er: Wie kamen Sie, theure Frau, dazu, da Sie gebildet sind und ohne Zweifel schön waren, sich in diesen engsten Umfang des bürgerlichen Lebens zu begeben? Ihre Schicksale müssen sonderbare gewesen seyn, wenn nicht Zwang und Tyrannei der Aeltern Sie so beschränkten.

Nichts weniger als das ist geschehen, versetzte die verständige Alte; meine Aeltern, ob zwar bürgerlich und Handwerker, waren ziemlich vermögend und ließen mir meinen freien Willen. Aus eigner Wahl verheirathete ich mich mit einem jungen Manne, dessen frommes stilles Wesen, dessen edler Charakter meine ganze Achtung verdiente. Er starb, nachdem ich nur wenige Jahre mit ihm verbunden war, seine Gesundheit war schwach; keine Leidenschaft, keine Vorliebe hatte dieses Band geknüpft, sondern Vernunft und Pflicht; um mein Schicksal nicht zu verwirren, zog ich es vor, die Alltäglichkeit des Lebens, die am Ende doch die wahre Aufgabe unseres Daseins ist, mitzumachen.

Sie hatten also, fragte der Graf, andere Aussichten? Sie hätten also auch einen Andern, als diesen Tischlermeister, glücklich machen können?

Er machte, antwortete sie, keine Ansprüche auf Das, was die Menschen Glück nennen; ihm war es nur um die eheliche Verbindung mit einem ehrbaren Mädchen zu thun, die seine Wirtschaft führte und seine Kinder fromm und tugendhaft erzöge. Er gehörte zu jenen Leuten, die man auch wohl die Stillen im Lande nennt; er hielt sich einsam, vermied Gesellschaften und frohe Gelage, und hatte sich ganz der Religion gewidmet. War es sein früher Tod, der ihn so stimmte und den er vorausfühlte, oder war es wirklich ein höheres Gefühl, das ihn der Welt abwendig und früh für ein besseres Dasein reif machte, aber ich war gezwungen, ihn als ein feineres, geistigeres Wesen anzusehen und so zu behandeln.

Wohnten Sie immer dort? fragte der Graf.

Nein, erwiederte sie, meine Aeltern waren hier in der Residenz, wo sie ein bürgerliches Geschäft trieben. Jetzt habe ich die Stadt nach vielen, vielen Jahren zum ersten Male wiedergesehen, und nicht ohne Rührung. In meiner Jugend kannte ich hier viele Familien, die nun wohl ausgestorben sind oder andere Wohnplätze gesucht haben. Mit manchen Kaufleuten waren meine Aeltern verbunden, und da ich auch wohl Festlichkeiten besuchte, lernte ich manche Person kennen, so frei und leicht wie der Umgang hier war, die über meine Sphäre war. – Lebt vielleicht noch ein Graf Andreas von Winterfeld? –

O ja! sagte der Graf sehr lebhaft, indem er die Sprechende noch schärfer ansah, noch lebt er, er hat aber schon seit vielen Jahren, weil ihm das Majorat der Familie nach dem Tode eines Vetters zufiel, seinen Namen geändert.

Wirklich? sagte Frimanns Mutter, und sein jetziger Name?

Der Graf stand auf, näherte sich ihr, betrachtete sie prüfend und setzte sich zitternd wieder in den Sessel. Dann schlug er sich beide Hände vor die Stirn und bedeckte seine Augen. Man hörte ihn schluchzen. O Jakoba! rief er dann in der höchsten Bewegung, wo waren meine Sinne, daß ich Dich nicht gleich erkannt habe? Siehst Du denn keine Spur mehr an mir von Dem, was ich war?

Ach Gott! rief sie aus, ist es denn möglich, daß wir uns noch einmal wiedersehen? Und hier? In Ihrem Hause? Und Sie, gerade Sie, der Gönner und Beschützer meines Sohnes?

Der Graf bezwang sich länger nicht, sondern verhüllte sein Haupt und ließ seinen Thränen freien Lauf. Lange konnte er vor Schluchzen nicht zu sich kommen, und als er sich endlich am Weinen gesättigt hatte, sagte er unendlich weich: So ist mir denn doch noch der liebste Wunsch meines Lebens in Erfüllung gegangen, Dich, Dich noch einmal zu sehen, bevor ich verscheide! O gute, liebe, herzliche Jakoba, kennst Du mich denn noch, kannst Du Dich denn noch an einem Zuge meines Angesichts meiner erinnern? Ja, Liebe, Treue, alt sind wir geworden; aber wir waren damals jung; ich habe Dich gekannt, und Das war der Inhalt meines schönsten Lebens. Ich habe späterhin der Welt und ihren Bedingungen gelebt, aber in jenen Tagen lebte ich Dir und mir.

Die Mutter war heftig erschüttert, so sehr sie sich auch zu bezwingen suchte. Andreas! Graf! O mein Theurer! rief sie aus, ach! was ist das Leben für ein seltsamer Traum! Oft habe ich Ihrer gedacht, lieber Andreas, immer glaubte ich, ich könne nicht sterben, wenn ich Dich nicht noch einmal gesehen hätte. Und nun ist es mir auch so gut geworden.

Und Du, liebstes Wesen, fing der Graf wieder an, Du hast mir meine Tochter retten müssen, ihr Hülfe bringen, sie zur Vernunft und Wahrheit zurückführen. Du hast den Sohn geboren, der mich mit unerklärlicher Liebe gefesselt hält. – Und damals – ach Gott! Was ist doch die Jugend so schön, ehe man noch so gar vernünftig geworden ist!

Er umarmte zitternd die Alte, die jetzt, nachdem sie den Kuß des Greises geduldet hatte, sich in Thränen tröstete. O Jakoba, sagte er dann, bleibe ein Weilchen bei mir, laß uns recht viel von unsern Kinderjahren und wunderlichen Empfindungen schwatzen: erzähle mir, daß Du mich nicht ganz vergessen hattest, daß Dein Herz immer noch an mir hing, und ich spreche Dir dann auch von der Sabbathfeier meiner Schmerzen, wenn ich in so vielen Stunden, ohne daß es ein Sterblicher merkte, mein ganzes äußeres Leben, Hof, Verwandtschaft und Familie vergaß, und mein Herz vor Deinem heiligen Bilde niederkniete. Wund ward es in dieser Andacht. Sage mir, ach! sage mir, Geliebteste, was ist die Liebe?

Unser unverschleiertes Selbst, sagte sie, indem sie den thränenfeuchten Blick erhob. Nein, nicht Stand, Pflicht, Amt, nicht diese

Kleider unseres Lebens sind wir. Unsere Seele hat sich damals Auge in Auge gesehen, und wir haben erfahren, was Ewigkeit und Gott ist. O verehrter, lieber, alter, längst gekannter Freund, warum kann man nicht in solchen Stunden sterben?

Sterben wir denn nicht im Leben? antwortete er; sind wir denn nicht in dieser sogenannten Wirklichkeit schon oftmals gestorben? Warum soll denn das Ende mehr, oder nur etwas Anderes seyn als der Anfang? – Der Schmerz ist die Grundlage, wenn nicht der Zweck unseres Lebens, und nur Derjenige erlebt ihn nicht, der niemals Glück und Freude gefunden hat. – –

Noch Vieles erzählten sie sich von den Begebenheiten und Empfindungen ihrer überstandenen Jugend. So schmerzlich diese Wiedererkennung auch war, so schwelgten sie doch in diesen bittersüßen Gefühlen. Endlich ermannte sich der Greis und sagte: Es ist ein wunderbarer Reiz, das ganze Leben mit allen seinen Felsen und schroffen Ecken so in Traum und weiche Sehnsucht verschwinden zu sehen; aber Jakoba, Deine Tugend, Dein Muth, Dein großes Gefühl und Deine Fähigkeit, Dich aufzuopfern, sind etwas viel Edleres und Größeres als diese zarten Phantasien, als diese schwärmenden Rückerinnerungen. Lebe wohl und heiter, bald sehen wir uns wieder. Vielleicht genießen wir noch mit einander die letzten Reste unseres Lebens. Sage aber jetzt noch Deinem Sohne nichts von unserer früheren Verbindung; zwar kennt er die Geschichte meiner Leidenschaft, denn er hat kürzlich Deine und meine Briefe gelesen, die ich ihm selbst gegeben habe; aber es ist besser, wenn er erst später erfährt, daß Du es warst, die mich damals so glücklich und elend gemacht hat.

Jakoba versprach, das Begehren des Grafen zu erfüllen. Dieser begab sich auf sein Zimmer und dann zu seiner Familie. Er war aber, so sehr er sich auch hatte sammeln wollen, noch so aufgeregt, daß der General ihn mit Erstaunen betrachtete. Der Alte merkte es, und dachte: Kann man denn Geister sehen, ohne erschüttert zu werden?

*

Die Tage gingen jetzt für Edmund angenehm genug hin, wenn er auch Elisabeth nicht sah, so wenig wie den Oberkammerherrn, denn er hatte Gelegenheit, sich mit seiner verständigen Mutter recht auszusprechen, die ihm Vieles von ihren Aeltern und Verwandten mittheilte. Ihre Rede tröstete ihn über den Verlust seiner Liebe, und da sie von jenem sonderbaren Vermächtnisse vernahm, das binnen kurzem fällig sei, erklärte sie, daß sie von Edmunds Vater niemals etwas davon vernommen habe, denn er sei früh und plötzlich gestorben.

Edmund aß mit seiner Mutter auf seinem Zimmer, vom Tische des Grafen und von dessen Leuten bedient. Zuweilen begab sich der Oberkammerherr nach dem Zimmer der Mutter und hatte lange Gespräche mit ihr. Seine Umgebung fand ihn verändert, und der Arzt des Hauses fürchtete, er ginge seinem nahen Tode entgegen. Doch befand sich der Graf seit vielen Jahren nicht so stark und wohl als in dieser Zeit; es war nur gleichsam ein Jugendfieber, das sein Wesen veränderte.

So war der Tag herangekommen, an welchem Edmund, die alten Schriften, die so lange versiegelt gelegen hatten, einfordern durfte. Ein harter Frost war eingetreten, und der junge Mann begab sich in der größten Spannung zum Hause des Probstes. Hier mußte er einen weitläufigen Empfangschein ausstellen, daß ihm, als dem rechtmäßigen Erben, nach dem Verlauf der bestimmten Zeit die Documente richtig seien eingehändigt worden. Hierauf begab sich der Probst mit dem Gefolge vieler Geistlichen nach der Lambertuskirche, erschloß feierlich die Sacristei und hinter dieser jenes Gemach, welches niemals gebraucht wurde. Der alte Kasten wurde eröffnet und dem jungen Manne alle jene kurzen oder längern Lebensbeschreibungen seiner Vorfahren, nebst den Zeugnissen der jederzeitigen Pröbste und Kirchenältesten überliefert. Nun wurde das Siegel von allen Gegenwärtigen beschaut, welches vor drei Jahrhunderten auf einen kleinen innern Schrank war gedrückt worden; es war unverletzt. Es ward vom Probste abgelöst und mit einem uralten Schlüssel das Schloß eröffnet. Ein vielfach versiegeltes Packet nahm der Probst aus diesem Behältnisse und übergab es dem Erben, der dem Greis und den übrigen geistlichen Herren für ihre Mühwaltung seinen Dank abstattete.

Die Sache war nicht so verschwiegen geblieben, daß nicht eine Menge Neugieriger sich in der Kirche versammelt hätte, um zu schwatzen, etwas zu erfahren und den jungen Erben in Augenschein zu nehmen. Man erzählte sich, die Erbschaft einer Million Gulden, welche in Holland lägen, würde am heutigen Tage frei und erhoben; Andere wollten wissen, ein verlarvter Prinz, den vor Jahrhunderten die Zeitläufe gezwungen hätten, sich zu verbergen, habe für seine rechtmäßigen Nachkommen die allerwichtigsten Documente, durch welche sie wieder in ihre Herrlichkeiten eingesetzt würden, hinterlassen; ein Alter wollte seine neugierigen Zuhörer bereden, ein vormaliger Adept habe seinem Urenkel sein Geheimniß und die Tinctur vermacht. So wie also Edmund aus der Sacristei trat, der mit seinen Papieren unter seinem Mantel ziemlich schwer beladen war, so drängten sich alte Männer und Frauen an ihn und fragten ihn oder die nachfolgenden Geistlichen, was die Sache, von der man schon so viel Wunderbares gehört hatte, zu bedeuten habe. Der Küster, der Hinterste im Gefolge, versammelte die Forscher, da die Uebrigen nicht Rede stehen wollten, um sich her und verkündigte: Verehrte Christen, es sind jetzt fünf Jahrhunderte verflossen, als ein türkischer Prinz nach Europa herüber kam und unsere gute Stadt bewohnte. Er war in Krieg mit seinen Brüdern gewesen und hatte sich vertreiben lassen. Dieser Türke wurde damals bekehrt und empfing die Taufe, seine Länder hatte er im Stiche lassen müssen, aber dafür eroberte er das Himmelreich. Er hatte dieser Kirche damals viel vermacht und jene Documente in ihren Schooß oder vielmehr in jene kleine Kammer hinter der Sacristei niedergelegt. Sie enthalten einen großen Schatz, aber auch die Legitimation, um jene türkischen Fürstenthümer, die damals verloren gingen, wieder in Besitz zu nehmen. Mit diesen ausgerüstet, geht der junge Mann, der natürlich ein Prinz ist, hin, um seine angestammten Länder wieder zu erobern. Der große Napoleon ist schon von Allem unterrichtet und hat seinen Beistand zugesagt. Der junge Erbe muß nun also vielleicht zum türkischen Glauben abfallen, um der Regierung fähig zu werden, oder es muß mit den großen europäischen und asiatischen Mächten ein Abkommen getroffen werden. Man will auch schon sagen, Rußland wolle jene Landstriche in Besitz nehmen, dafür erhält Napoleon dann andere Strecken und giebt dem jungen Herrn, der hier eben zur Kirche hinausgeht, das Königreich

Holland, da er mit seinem Bruder, dem jetzigen Könige, gar nicht zufrieden seyn soll.

Dies schien den Umstehenden ebenfalls das Wahrscheinlichste, und so fand Edmund Gelegenheit, ungehindert die Kirche zu verlassen. Draußen redete ihn aber der alte Baron an, der auch als Müssiggänger allenthalben war, wo sich irgend etwas Neues zeigte. Er hatte sich vom Geschwätz des Küsters nicht zurückhalten lassen, sondern fing den eilenden Edmund draußen auf. Er war sehr verdrüßlich, daß Edmund ihm, als einem alten Freunde, nicht mehr als Das sagen wollte, was er schon früher vom Küster erfahren hatte. Als Edmund ihm von fern einen Vorwurf darüber machen wollte, daß er Briefe von ihm, die er ihm zuweilen im Auftrage des Oberkammerherrn mitgetheilt hatte, dem Avanturier Wendelbein gegeben habe, lachte der Baron und weinte, mit empfangenen Briefen könne doch wohl ein Jeder thun, was ihm gut dünke. Dieser Avanturier, wie Sie ihn nennen, so fuhr er dann fort, ist jetzt auf dem Wege, bald ein großer und berühmter Mann zu werden, ein Mann, der unserem Vaterlande Ehre machen wird. Er hat wirklich ein Fräulein Wilhelmine, eine Art Gesellschafterin Ihrer Comtesse, entführt, die er freilich auch ohne Entführung hätte bekommen können, und ist mit dieser am Rhein bei einer sehr vorzüglichen Schauspielertruppe engagirt. Sie singt, und er soll ein ganz einziges Talent entwickeln. Auch dichtet er, und nächstens wird eine Tragödie von ihm, die er in wenigen Tagen geschrieben hat, aufgeführt werden. Alles dies schreibt mir mein Sohn, der mir nun endlich (Sie wissen es) ganz und gar und ein für allemal davongelaufen ist; der junge Mann ist bei derselben Truppe engagirt und spielt die Bösewichter; dort haben sich nun die Genies gefunden und auch einen engen Freundschaftsbund geschlossen.

Edmund hatte nur wenig von dem Geschwätz vernommen. Er erreichte jetzt das Haus, eilte auf sein Zimmer und verschloß es gleich sorgfältig, um ungestört die Documente untersuchen zu können, von denen in diesem wichtigsten Moment seines Lebens ihm Glück und Zufriedenheit geschenkt werden sollte.

Nur schnell übersah er die Lebensläufe seiner Vorfahren und die Zeugnisse der Pröbste für deren guten Wandel. Handwerker, Krämer, die Alle in der Residenz ihr stilles bürgerliches Gewerbe getrieben und unbescholten gelebt hatten, manche waren jung gestorben, manche hatten ein hohes Alter erreicht, Alle aber wurden als rechtlich und tugendhaft gelobt und Keiner hatte sich ein Verbrechen oder nur einen großen Fehltritt zu Schulden kommen lassen. Das Schlimmste, was sich vorfand, war, daß ein ziemlich wohlhabender Leinweber um 1630 sich bei seinen Vorgesetzten den Verdacht zugezogen hatte, als wenn er zur lutherischen Ketzerei hinneige. Dies war auch die Ursache, daß er in jenen schweren Kriegszeiten fast sein ganzes Vermögen verlor, nachdem er lange im Gefängnisse hatte schmachten müssen.

Nun eilte Edmund, das älteste und wichtigste Document zu entsiegeln. Es erfaßte ihn ein Gefühl der Ehrfurcht, daß er nun die Schrift eines alten Ahnherrn in die Hände nahm, welcher jetzt nach dreihundert Jahren sein Schicksal entscheiden sollte. Nach einer frommen Einleitung erzählte dieser in alter, schwerfälliger Sprache, wie er sich wohl erinnern könne, daß sein Großvater, den er nur als einen achtzigjährigen Greis gekannt habe, in seiner Jugend als Kriegsmann gegen die Hussiten gezogen sei, er habe mit Ehren gedient, sei aber nicht belohnt worden, weil ihm seine Vorgesetzten immer einen Vorwurf daraus haben machen wollen, daß er nicht von adeligem Stamme sei. Der Vater des Stifters und Schreibers habe darum einen Wollenhandel geführt, um mit den Kriegsknechten nichts zu thun zu haben, noch weniger aber mit geizigen und hoffärthigen Hauptleuten. Der Erbstifter, Johannes Frimann, habe nun oft überlegt, wie schön es sei, wenn die Fürsten, so wie auch viele große Reichsfamilien, von ihren Vorfahren wüßten, was Jeder gethan, was Jeder gewesen. Das mache sie auch so stolz und sicher, daß der Edle von seinen Vorfahren nicht bloß Reichthümer, sondern ihre Thaten, und mit diesen ihre Tugenden überkommen habe. Kläglich sei es freilich bei der Armuth und dem Bürgerstande, daß auch der Gute sich zuweilen zu tief bücken und zu Beschäftigung und Erwerb von Noth geängstigt greifen müsse, die ihm keine Ehre brächten, ihn auch wohl nach und nach schlecht, oder gegen guten Ruf und Tüchtigkeit gleichgültig machten. So ließe sich denken, daß fortgesetzte Erniedrigung solcher Familien, in welchen es Diebe, Lügner und Kuppler gegeben habe, wohl im Blute selbst endlich Bosheit und Niedrigkeit erzeugen und sich den Verwandten und Erben schon als einheimisch gewordene Schlechtigkeit mittheilen könne. Es sei also begreiflich und auch wohl zu entschuldigen, wenn der Vornehme bei gewissen Umständen Widerwillen und Geringschätzung der Bürgerlichen äußere, weil bei der Dunkelheit der Familienverhältnisse es nicht unmöglich scheine, daß Buben und schlechtes Volk ganz nahe mit Dem verschwägert oder verwandt sind, der sich dem Grafen oder Freiherrn gegenüber etwas herausnehmen wolle. Unbegreiflich bleibe es ihm daher, daß die wenigsten adeligen Geschlechter sichere Nachrichten weit in das Alterthum hinauf aufweisen könnten; so hochmüthig sie auf ihren Stand und ihre Ahnen wären, so wenig wüßten sie doch eigentlich von diesen zu erzählen. Ob der Freiherr aus Steiermark, Tyrol, Schwaben oder Baiern herstamme, könne er niemals darthun, selbst in den ältesten und besten Stammbäumen seien Lücken, viele mit Lüge und Thorheit ausgefüllt. Am seltsamsten aber sei, daß Räuberei, Mordbrand, Verrath und Empörung gegen Fürsten und Vaterland, Verschwörung, Meineid und dergleichen schwere Verbrechen, welche auch in so vielen Landes- und Familiengeschichten vorkommen, den Stamm und den Abkömmling in den Augen der Welt nicht zu entehren scheine. So daß, wie die unbedingte Auszeichnung auf der einen Seite billig scheine, so erscheine sie auf der andern eben so unzulässig, ja grausam und tyrannisch. –

So war ich denn alt geworden, ich Johannes Frimann, ein ehrsamer Schneidermeister hier in der Hauptstadt unseres Fürsten. Mein guter Vater war das gewesen, was seine Gegner ein gutes, ehrliches Schaf nannten, das heißt, der fromme stille Mann war zu gut, um die Schlechtigkeit seiner Nebenmenschen zu begreifen. Für Freunde, die er für wahre hielt, hatte er sich verbürgt und sie vom Untergange gerettet. Sie lachten ihn aus, als er bettelarm wurde und sie ihr Schäfchen aufs Trockne gebracht hatten. Er mußte den Tuchhandel aufgeben und ich war darin glücklich, daß ich den lieben zu guten Alten erst als Geselle und dann als Meister mit meiner Nadel erhalten konnte. Er war so arglos und gutmüthig, daß er sich selbst an der Wohlfahrt seiner Freunde, die ihm seitdem keines Blickes würdigten, erfreuen konnte. Ich war selber arm, und es schmerzte mich, meinem liebevollen Vater kein besseres Leben geben zu können. Doch unvermuthet wurde ich durch Erbschaften reich, ich ward unter meinen Mitbürgern angesehen, selbst der Magistrat verachtete mich nicht mehr. Da kam ich auf den Gedanken, ob es denn nicht möglich sei, eine Art von Bürgeradel oder eine begründete Bürgerlichkeit zu stiften. Ich sprach darüber mit anderen Meistern, wurde aber nur meines Dünkels wegen ausgelacht. Ich liebte meinen Sohn und in Gedanken schon meine Nachkommenschaft, und wie es des Regenten schönste und bitterste Sorge ist, seinen Enkeln ein unzerrüttetes Reich zu hinterlassen, so schien es mir wichtig, einen guten Namen den Meinigen zu stiften und zu erhalten. Ich schenkte eine Summe der Kirche Lambertus, und stiftete hiemit, daß jeder Frimann sein Leben einreicht, wenn er alt ist, und Probst und Geistlichkeit das Ehrbare seines Wandels bestätigen. Auf drei Jahrhunderte hinaus soll diese Grille oder der Gedanke reichen, wenn mein Geschlecht nicht vorher ausstirbt. Immer der Aelteste, wenn mehr Söhne da sind, soll diese Aufgabe erfüllen, und die Tochter, wenn nur eine solche lebt, endigt das Verzeichniß und der Stamm gilt für ausgestorben. Möge der Himmel diesen Einfall durch seinen Segen zu einem ersprießlichen machen, und mögest Du, Urenkel, nach dreien Jahrhunderten nicht auf den grillenhaften Schneidermeister Johannes Frimann, wenn Du dieses liesest, schelten. –

Schelten konnte freilich Edmund nicht, aber er war aus allen seinen Himmeln gefallen, indem er die alten Schriftzüge anstarrte, denn er fühlte nun erst, daß ihm seine großmüthige Entsagung bis jetzt darum so leicht geworden war, weil er fast mit Gewißheit auf eine ganz andere Entwickelung gerechnet hatte, als jetzt vor ihm lag. Er überblickte alle Blätter noch einmal und versiegelte sie dann wieder, indem er ein kurzes Billet an den Grafen hinzufügte, welches um seine baldige Versetzung in jene Stadt bat, in welcher ihm der Oberkammerherr die einträgliche Stelle eines Rathes zugesichert hatte. Dieses schickte er mit dem Packete zum Grafen.

Mit der Mutter, welcher er nur kurz den Inhalt der Papiere erzählte, beredete er jetzt, wie sie ihre neue Wirthschaft einrichten wollten. Sie nannte jetzt die Gräfin Elisabeth niemals mehr, und er vermied auch jede Erinnerung an sie. Die Mutter war in Gesellschaft ihres Sohnes und in der Aussicht, künftig mit ihm zu leben, glücklich, aber ohne daß sie darüber sprach, bemerkte sie mit tiefer Trauer den lebenzernagenden Gram des Sohnes, der jetzt erst seine Gesundheit untergrub, nachdem Edmund alle Hoffnung hatte aufgeben müssen. Er stellte sich heiter und vergnügt, aber die Mutter sah wohl hinter dieser Maske seine Trostlosigkeit. Wenn sie mit dem Oberkammerherrn sprach, der sie täglich besuchte, ward auch dieses Verhältnisses, des Versprechens unter Bedingung und der jetzt entschiedenen Unmöglichkeit gar nicht gedacht; da er es geflissentlich vermied, die Tochter nur zu erwähnen, so berührte sie ebenfalls diesen Gegenstand nicht.

Wie sehr erstaunte sie daher, als sie, indem sie schon zur Abreise Anstalten traf, vom Oberkammerherrn eingeladen wurde, am folgenden Mittage mit ihrem Sohne an seiner Tafel zu speisen. Er versicherte, sie würden Beide nur ihn und seine Familie im Saale treffen, sie könnten deshalb ganz unbefangen seyn, er selbst sei entschlossen, einmal eine fröhliche Mittagsstunde im Kreise seiner Vertrauten zu genießen. Edmund hatte gleich bei der Ankunft seiner Mutter dafür gesorgt, ihr etwas bessere Kleidung zu schaffen, so anständig auch ihr bürgerlicher Anzug war; er war deshalb nicht verlegen, wenn er sich seine Mutter in dieser vornehmen Umgebung dachte, da ihre Art zu sprechen und sich zu betragen ganz so war, als wenn sie immer in der besten Gesellschaft gelebt hätte.

Zitternd führte er am andern Mittage seine Mutter nach dem Speisesaale, indem er dachte, daß er seine geliebte Elisabeth dort finden und sie wohl heute zum letzten Mal in seinem Leben sehen würde. Die Gesellschaft war schon versammelt und der alte Graf schien sehr vergnügt und gesprächig, er hatte heute alle jene Förmlichkeit abgelegt, die ihn sonst so auffallend von den Menschen absonderte. An diesem Tage war auch der Haushofmeister als Gast zugegen, was nur in jedem Jahre Einmal geschah. Der Haushofmeister, als man sich an den runden Tisch setzte, wies Jedem seinen Platz an, neben den Oberkammerherrn setzte sich rechts die Mutter Edmunds und links Elisabeth, neben diese Edmund, dann folgten der General und dessen Gemahlin, an welche sich der Haushofmeister anschloß, dann folgte Katharine mit ihrem Bräutigam, der wieder an der Seite von Edmunds Mutter seinen Platz fand. Der junge Frimann erstaunte sowohl über dies Familienfest, wie darüber, daß man ihm neben Elisabeth seine Stelle angewiesen hatte; er sprach diese, er blickte sie mit sehnendem Auge an und bemerkte, wie bleich sie der Kummer der letzten Wochen gemacht hatte. Er freute sich, daß sein Beschützer seine Mutter so ehrte, daß er sie im Angesichte der Familie neben sich setzte und vertraut und heiter mit ihr sprach. Noch munterer als der Graf war der General, der viel Lächerliches erzählte und den Bräutigam Katharinens zu erheitern strebte, der nur leise mit seiner Braut sprach und die übrige Gesellschaft beobachtete.

In der Mitte der Mahlzeit erhob sich der Oberkammerherr, nahm mit freundlichem Anstande sein Glas und trank die Gesundheit des Brautpaars, des Freiherrn und seiner Tochter Katharine; man stieß an, man dankte, man wünschte Glück, der Graf umarmte mit Rührung seinen Eidam und winkte dann, daß man sich wieder niedersetzen möge. Er selber schenkte sein Glas wieder voll, sah mit einer seltsamen Miene im Kreise umher, sein Gesicht ward noch feierlicher, und er schien mit einer großen Bewegung zu kämpfen. Noch Eine Gesundheit bringe ich aus, sagte er dann, von der ich wünsche, daß alle Gegenwärtigen, wenn sie es herzlich mit mir meinen, sie mit freudigem Gemüthe erwiedern: nehmlich das Wohlsein meines bisherigen Secretairs, des von mir hochgeliebten Herrn Edmund Frimann und seiner Braut, meiner Tochter Elisabeth!

Allgemeines Erstaunen, Aufruhr, dann Glückwunsch und Jubel. Edmund hatte sich erhoben, der Saal schien um ihn zu tanzen, er erhob sein Glas und wollte sprechen; da stürzten ihm, ohne daß er es wußte, zwei große Thränen aus den glänzenden Augen. Er blickte Elisabeth an, die in seligen Gefühlen schwamm, und ohne Rückhalt ihn umarmte und einen Kuß auf seine Lippen drückte. Noch mehr ward er erschüttert, als er in das verklärte Angesicht seiner glückseligen Mutter schaute. Jetzt umarmte der Oberkammerherr seine Tochter Elisabeth, Edmund und dessen Mutter, und als man sich wieder etwas beruhigt und gesetzt hatte, sagte der alte Graf: meine Kinder, ich bin glücklich, daß ich Euch Alle glücklich machen kann. Immer war mir dieser theure Herr Frimann wie ein Sohn. Er ist ein Bürgerlicher, aber meine Liebe zu ihm, meine Verehrung seiner herrlichen Mutter, die wie ein Schutzengel meine Jugend verklärt hat, seine edle Liebe zu meiner Tochter und seine reine Abkunft von einer Bürgerfamilie, die seit mehr als dreihundert Jahren beweisen kann, daß kein Unredlicher unter ihnen war, kein Unwürdiger, der dem Stamme Schande machte (etwas, das vielleicht kein adeliges Haus, oder nur wenige, von sich rühmen können), Alles dies hat mich nach reiflichem Nachdenken bewogen, von meinen bisherigen Grundsätzen abzuweichen und dieses

Bündniß zu schließen. Am Dreikönigstage sollen beide Vermählungen gefeiert werden, und Du, mein Sohn Edmund, wirst mein Gut Rosenheim mit meiner Tochter bewohnen, welches von heut an Euer Eigenthum ist. Nach einigen Jahren, oder wann es Dir gefällt, kannst Du Dich umsehen, ob Du Dienste nehmen willst, und die Gnade unseres huldreichsten Königs wird Dir entgegenkommen. Ziehst Du die Einsamkeit und Muße vor, so stimme ich Dir auch darin bei, denn Du sollst ganz frei handeln und unbeschränkt seyn. Ich hoffe, daß kein Mitglied meiner Familie durch diesen meinen wohlbedachten Entschluß sich gekränkt fühlen wird.

Katharine und die Generalin bezeugten ihre Freude über diese Begebenheit, und der verlobte Freiherr sprach so vernünftig und billigend, daß der General ihn stürmisch umarmte und dann mit Lebhaftigkeit sagte: Verehrter Herr Vater, Sie sind ein ganzer Mann, und vom heutigen Tage noch mehr, und ich muß Sie darum noch höher schätzen, als bisher! Das störte mich, wenn ich aus dem Herzen sprechen soll, bis jetzt ein wenig, daß Sie allzu sehr Edelmann waren. Ich bin auch von alter Familie, aber ich gestehe, daß, wenn ich so in Chroniken und Geschichten las, mir die Soldaten von Fortun, die sich aus einem niedern Stande emporarbeiteten, immer am Besten gefielen und mich am Meisten interessirten. Herr Frimann ist mein Herzensfreund und er verdient das beste Glück, das ihm nun auch in unserm Lisbetchen geworden ist.

Ich habe Sie, fing der Graf wieder an, Herr Haushofmeister, darum heute zu meiner Familie gerechnet, damit Sie der Dienerschaft meines Hauses diese Begebenheit bekannt machen und sie ihr im rechten Lichte vorstellen. – Dem Könige habe ich die ganze Sache erzählt und vorgetragen, er hat seine volle Einstimmung gegeben, ja er hat mir mit übergroßer Gnade ein Adelsdiplom für meinen Eidam aufgezwungen! Ja, ich sage mit Recht aufgezwungen, denn ich suchte diese Gnade nicht und verbat sie im Gegentheil, aber er hat meine Einwendungen nicht beachtet. Danken wir ihm diese Huld und feiern seinen Namen.

Feierliche Gesundheiten erklangen und erschollen wieder. Die Brautleute waren wie betäubt und konnten sich in ihrem Glücke noch nicht fassen.

Als man sich von der Tafel erhoben hatte, gingen Elisabeth und Edmund in ein anderes Zimmer, um in der Einsamkeit ungestört zu lachen und zu weinen. Edmund war begeistert in seiner Rührung, denn er faßte es nun wohl, daß jene Jakoba, deren Namen er so oft in den Blättern gefunden, die ihm der Graf gegeben hatte, seine Mutter sei. Der Greis sagte zu dieser, als sie allein waren: Nun, Geliebte meines Herzens, alte, theure Jakoba, habe ich es recht gemacht? Sieh, darum, weil er Dein Sohn war, war mir dieser Edmund so lieb, er war ja das Kind meines Herzens, er und Elisabeth mußten sich finden, und in ihrem Liebesglück gleichen sich erst die Freuden und Schmerzen unserer Jugend völlig aus.

Über tredition

Eigenes Buch veröffentlichen

tredition wurde 2006 in Hamburg gegründet und hat seither mehrere tausend Buchtitel veröffentlicht. Autoren veröffentlichen in wenigen leichten Schritten gedruckte Bücher, e-Books und audio-Books. tredition hat das Ziel, die beste und fairste Veröffentlichungsmöglichkeit für Autoren zu bieten.

tredition wurde mit der Erkenntnis gegründet, dass nur etwa jedes 200. bei Verlagen eingereichte Manuskript veröffentlicht wird. Dabei hat jedes Buch seinen Markt, also seine Leser. tredition sorgt dafür, dass für jedes Buch die Leserschaft auch erreicht wird.

Im einzigartigen Literatur-Netzwerk von tredition bieten zahlreiche Literatur-Partner (das sind Lektoren, Übersetzer, Hörbuchsprecher und Illustratoren) ihre Dienstleistung an, um Manuskripte zu verbessern oder die Vielfalt zu erhöhen. Autoren vereinbaren direkt mit den Literatur-Partnern die Konditionen ihrer Zusammenarbeit und partizipieren gemeinsam am Erfolg des Buches.

Das gesamte Verlagsprogramm von tredition ist bei allen stationären Buchhandlungen und Online-Buchhändlern wie z. B. Amazon erhältlich. e-Books stehen bei den führenden Online-Portalen (z. B. iBookstore von Apple oder Kindle von Amazon) zum Verkauf.

Einfach leicht ein Buch veröffentlichen: **www.tredition.de**

Eigene Buchreihe oder eigenen Verlag gründen

Seit 2009 bietet tredition sein Verlagskonzept auch als sogenanntes "White-Label" an. Das bedeutet, dass andere Unternehmen, Institutionen und Personen risikofrei und unkompliziert selbst zum Herausgeber von Büchern und Buchreihen unter eigener Marke werden können. tredition übernimmt dabei das komplette Herstellungs- und Distributionsrisiko.

Zahlreiche Zeitschriften-, Zeitungs- und Buchverlage, Universitäten, Forschungseinrichtungen u.v.m. nutzen diese Dienstleistung von tredition, um unter eigener Marke ohne Risiko Bücher zu verlegen.

Alle Informationen im Internet: **www.tredition.de/fuer-verlage**

tredition wurde mit mehreren Innovationspreisen ausgezeichnet, u. a. mit dem Webfuture Award und dem Innovationspreis der Buch Digitale.

tredition ist Mitglied im Börsenverein des Deutschen Buchhandels.

Dieses Werk elektronisch lesen

Dieses Werk ist Teil der Gutenberg-DE Edition DVD. Diese enthält das komplette Archiv des Projekt Gutenberg-DE. Die DVD ist im Internet erhältlich auf **http://gutenbergshop.abc.de**